동백나무에 대해 우리가 말할 수 있는 것들

동백나무에 대해 우리가 말할 수 있는 것들

1판 1쇄 찍은날 | 2007년 11월 20일
1판 1쇄 펴낸날 | 2007년 11월 27일

지은이 | 남상순

펴낸이 | 조현주
펴낸곳 | 도서출판 하늘재

편집 | 한정원 · 정하연
표지 디자인 | 엄유진

등록 | 1999년 2월 5일 제20-140호
주소 | 서울시 마포구 서교동 394-25 동양트레벨 1304호
전화 | (02)324-2864
팩스 | (02)325-2864
E-mail | haneuljae@hanmail.net

ⓒ 2007, 남상순

이 책은 경기문화재단에서 창작지원금을 받아 제작되었습니다.

지은이와의 협의에 따라 인지는 생략합니다.
잘못된 책은 바꾸어 드립니다.

ISBN 978-89-90229-19-9 03810 값 9,800원
이 도서의 국립중앙도서관 출판시도서목록(CIP)은 e-CIP홈페이지(http://www.nl.go.kr/cip.php)에서
이용하실 수 있습니다. (CIP제어번호 : CIP2007003560)

동백나무에 대해 우리가 말할 수 있는 것들

남상순 장편소설

하늘재

　십여 년쯤 전에 윤선도 유적지를 찾아 혼자서 보길도를 여행한 적이 있었다.

　더위 때문에 진이 빠져 터덜터덜 세연정 나무 그늘로 찾아들고 있을 때였다. 일흔은 넘었을 것 같은 할아버지 한 분이 도시에서 온 장년의 부부를 상대로 그곳 유적지에 관해 멋진 설명을 해주고 있었다. 윤선도가 연꽃을 따오라며 여자들을 물속으로 집어넣은 이유부터 시작해 몽고군의 침략에 대비한 굴뚝다리의 기상천외한 쓰임새, 심지어는 바닷가 인근에 있는 무덤의 내력까지 세세하고도 재미있는 사연이 끝없이 펼쳐졌다. 이건 책에서 나온 이야기가 아니라 경험을 바탕으로 한 것이다 싶어 체면 불구하고 그분들을 졸졸 따라다녔다. 무엇보다 할아버지가 윤선도의 열성적인 팬이 아니라 전해 내려오는 이야기에 대한 냉정한 전달자였다는 점이 설명을 더욱 재미나게 만들었다.

그러다가 그 이야기를 들었다.

세연정에서 길을 따라 한참을 걸어 나왔을 때 할아버지는 멀리 산 위 정자를 가리키더니 목소리가 점차 흥분되기 시작했다. 이십 몇 년 전만 하더라도 거기서부터 정자까지 동백나무 가로수가 얼마나 멋들어지게 펼쳐져 있었는지 모른다는 거였다. 멋과 풍류를 알던 윤선도 그 어른이 손수 심어서 가꾼 나무라고 했다. 그 가로수 길을 따라 정자로 올라가 〈어부사시사〉 같은 노래를 지은 거라고 했다.

그런데 그걸 새마을운동한답시고 다 뽑아버렸으니…….

그때부터 오호 통재라! 하는 식의 한탄과 주민의 한 사람으로서 갖는 억울함에 대한 하소연이 한참 동안 이어졌다. 할아버지의 안타까움이 이만저만하지 않았기 때문인지 나는 배를 타고 나오면서도 내내 그 생각에 사로잡혀 있었다.

그로부터 몇 년 뒤에 통영에서도 비슷한 일이 있었다는 이야기를 들었다.

가만히 따져보면 사람들의 마음을 사로잡을 만큼 진정 멋있는 곳의 동백나무만 희생되었다. 어쩌면 그 때문에 사람들은 그것을 마음의 상처로 기억하는 건지도 모른다.

동백나무 가로수…….

위령제라도 지내야 하는 건 아닌지.

이 이야기를 마음속에 넣어둔 채 10여 년이 흘러버렸다. 그 사이에 세상은 더 많이 바뀌었고 풀 한 포기 나무 한 그루에 관해 말해야 한다는 것이 왠지 조금 더 부담스러워진 세상이 된 것 같다.

아무튼 이제라도 그때의 이야기 빚을 갚게 되어 다행이다.

어느 시인은 나를 키운 건 팔 할이 바람이라지만 내게 있어 그것은 아무래도 이야기였음을 부인하지 못하겠다. 나무든 고래든 바위든 물고기든 닭이든 연필이든 사람이든 고함이든 분노든 연인이든 미움이든 우리들의 일부가 된 것마다 이런저런 의미와 사연이 있다. 그 이야기가 아이들을 자라게 하는 거라고 나는 믿는다.

내 이야기를 듣고 누군가 뜻하지 않게 아름다운 부담을 느끼고 그리하여 또 다른 이야기가 생겨나 이 세상이 온통 꿈의 무늬로 가득 차게 된다면…….

아무래도 그럴 리야 없겠지만, 무엇보다 지나친 낙관일 테지만 만약 정말 그런 날이 온다면 그때는 동백나무에 대한 이야기쯤이야 잊어도 되지 않겠는가.

아마 그럴 것이다.

2007년 11월
분당에서
남상순

차례

1

수탉은 어디로 갔나?

아침상은 마당의 평상에 차려졌다. 해가 마루에서부터 안방 깊숙한 곳까지 들어와 있어서 그늘을 찾아 아래채 가까운 곳에다 평상을 옮겨 놓은 참이었다. 오래된 습기가 흙냄새에 버무려져 평상 위로 훅 끼쳐 왔다.

이모가 부엌에서 펄펄 끓는 된장 뚝배기를 들고 나오자 나는 굼뜬 동작으로 받침대를 상 가운데다 놓았다. 호미를 들고 마당으로 들어서 는 외할머니의 머리에는 거미줄이 실처럼 얼기설기 붙어 있었다. 새벽 부터 뒷산 비탈에 있는 텃밭이라도 매다 온 모양이었다.

입에서는 연신 하품이 나왔다.

간밤에는 꿈 때문에 제대로 잠을 잔 것 같지 않았다. 꿈에서 한참을 걸었던 탓인지 피곤하고 실제로 다리도 아팠다. 오늘 아침에는 새마을 노래도 듣지 못했다. 노래를 틀지 않았을 리는 만무한 일이니 아마도 잠에 너무 깊이 빠졌기 때문인 듯싶었다. 그나마 떠지지도 않는 눈을 겨우 뜨고 마루로 나온 것은 이모가 물 묻힌 손을 내 등으로 집어넣었기 때문이다. 그 탓에 아침부터 한바탕 짜증을 낼 수밖에 없었다.

그래도 다행한 것은 시원하게 오줌 누는 꿈을 꾸었는데도 이불에는 아무 이상이 없다는 것이다. 지지난해만 해도 오줌을 싼 적이 있는데다 꿈이 어찌나 생생하였던지 입에서는 저절로 안도의 한숨이 새어 나왔다.

식구들이 밥상 앞에 둘러앉기 무섭게 약속이라도 한 것처럼 닭이며 오리, 토끼들이 마당으로 모여들었다. 외양간에서는 소가 길게 울었다. 외할머니가 먼저 첫 숟가락을 마당에다 뿌리니까 녀석들이 왁자하게 달려들며 소란을 피웠다. 이모는 밥을 먹다 말고 음식물 쓰레기가 담긴 양은 대야를 동백나무로 들고 가더니 둥치에다 대고 툭툭 쳐서 버렸다. 그곳으로 가장 먼저 달려간 것은 얼룩점이 있는 토끼였고 그 다음을 암탉이 뒤뚱거리며 따랐다. 암탉은 엉뚱하게도 호박잎 한 줄기를 물고 나오더니 땅에다 놓고 쪼았다. 날개를 반쯤 편 오리가 경중거리며 그 앞을 지나갔다.

"장똘이 녀석은 왜 빨리 안 나오는 거라?"

나는 출발선에 선 선수처럼 숟가락에다 밥을 듬뿍 담은 채로 기다리고 있었다. 밥알을 흘리지 않으려고 긴장한 탓에 손목이 부르르 떨렸다. 장똘이는 내가 키우고 있는 수탉의 이름이었다. 장닭에서 따온 '장' 에다가 똘똘하다는 뜻의 '똘이' 를 넣어 이름을 지었다. 가끔은 그냥 '똘똘이' 라고 부르기도 한다.

녀석은 그런 특별한 이름을 가질 자격이 있었다.

언젠가 나무다리 밑에까지 데리고 가서 놀다가 녀석을 잃어버렸다. 풀숲이며 커다란 바위를 샅샅이 뒤졌지만 녀석은 보이지 않았다. 내 딴엔 상심해서 울면서 집으로 왔더니 녀석은 나보다 먼저 돌아와 마당에서 한가하게 모이를 쪼고 있었다.

나무다리라면 결코 가깝지 않은 거리였다. 마을 앞 작은 봇도랑을 건너고 동백나무 가로수 길을 한참 지나야 그곳에 이를 수 있었다. 길 옆에는 논과 밭이 이어지다가 작은 언덕처럼 된 소나무 숲이 나타나기도 한다.

게다가 나무다리 아래를 흐르는 강은 폭이 넓고 깊어서 수탉이나 강아지 같은 동물들이 놀기에는 마땅치 않았다. 고기를 잡거나 모이를 찾기도 전에 그 깊은 강물의 꾐에 넘어가 정신이 혼미해지기 일쑤였다. 그렇게 해서 목숨을 잃은 녀석들도 있다고 했다.

그런데 강물의 꾐에 빠지기는커녕 집까지 혼자 찾아왔던 기특한 녀석이 그날 아침에는 이상하게도 모습을 드러내지 않았다. 식사 때라면 녀석과 내가 하루를 무사히 보내기 위해 서로 아침 인사를 주고받는 시간이었다.

"어디 갔지?"

더 이상 숟가락을 들고 있는 게 힘들어 냉큼 입안으로 밥을 집어넣었다. 암탉이 병아리를 거느리고 나타난 것을 보면 닭장 문이 닫혀 있지는 않은 것 같았다.

"외할머니, 아침에 장똘이 닭장 안에 잘 있었어요?"

"그럼, 그럼."

외할머니가 어쩐지 눈길을 피하는 것 같았지만 나는 대수롭지 않게 넘겼다. 외할머니는 아침에 일어나자마자 닭장 문과 토끼장 문부터 열어놓았다. 그러면 녀석들은 집 안 곳곳을 다니면서 모이를 쪼거나 풀을 뜯었다.

그렇다고 갑자기 어디가 아플 리도 만무한 일이었다. 심지어는 몸이 아프더라도 아침식사 시간에는 꼭 모습을 드러낼 녀석이었다. 내 품안에서 눈을 게슴츠레 뜨고 다리를 버둥거리면서 엄살을 부리면 부렸지 닭장 안에 웅크리고 있을 녀석이 아니었다.

"안 되겠다, 가봐야겠어."

나는 밥을 먹다 말고 일어나 화장실 옆에 있는 닭장으로 갔다. 닭장은 텅 비어 있었다. 예상과는 달리 휑한 닭장을 보자 공연히 가슴이 뛰었다.

앞마당 동백나무 앞에서 거치적거리던 암탉을 발로 걷어찼다. 암탉은 고개를 꼿꼿이 쳐들고는 아래채 실뒤로 도망쳤다. 암탉이 소란을 피우자 눈을 간잔지런하게 감고 새김질을 하던 소가 놀랐는지 외양간을 서성거리며 불안감을 드러냈다.

나는 안채를 한 바퀴 돌았다. 뒤란의 텃밭에 불긋한 무엇인가가 어른대는 것 같아 얼른 다가갔더니 장똘이가 아니라 막 익기 시작한 토마토였다. 부엌이며 여물간 등을 골고루 뒤졌지만 녀석의 모습은 어디에서도 보이지 않았다. 나중에는 할 수 없이 집 앞의 작은 봇도랑까지 헤매고 다녔지만 이 집 저 집에서 놀러 나온 못생긴 오리들만 꽥꽥거리고 있을 뿐 녀석을 찾기는 힘들었다.

언제인가처럼 솔개나 부엉이 같은 게 나타나 채간 것은 아닐까. 하지만 조금만 생각해보면 그것은 말이 되지 않았다. 날짐승이 나타나면 동네 개들이 일제히 짖고 닭과 오리들은 악을 쓰면서 소란을 피웠다. 아무리 용감하고 교활한 솔개라도 쥐도 새도 모르게 수탉 한 마리를 채갈 수는 없는 노릇이었다.

"이상하네, 어디 가서 안 보이지?"

내가 고개를 갸웃거리면서 밥상 앞으로 돌아오자 외할머니가 대번에 통을 주었다. 하지만 그 내용이 사뭇 엉뚱했다.

"집에는 이렇게 오래 안 가 봐도 되는 거라? 어른들이 걱정하겠다."

말끝에 외할머니는 두어 번 혀를 찼다. 그러면서 힐끔 이모 눈치를 보는 듯하더니 난데없이 된장이 짜다며 타박하기 시작했다. 여태 된장 간도 못 맞추는 가시나를 뭣에다 쓸지 모르겠다는 외할머니의 잔소리는 필요 이상으로 길었으며 왠지 쭈글쭈글한 볼은 불긋하게 물이 들었다. 나는 빈 숟가락을 뒤집어 입에 물고는 그런 외할머니를 쳐다보다가 이모 눈치를 보다가 했다. 다른 때 같았으면 일일이 말대꾸를 하면서 자존심이 상한다느니 어쩌니 했겠지만 도둑이 제 발 저리다고 잘못한 게 하나둘이 아니었던 이모는 어깨를 움찔 오그라뜨리며 묵묵히 밥 먹는 데만 열중하고 있었다. 외할머니의 잔소리는 곧 처량한 신세타령으로 이어졌고 밥상을 부엌으로 물리고 난 뒤에야 겨우 멈추었다.

그때 나는 외할머니를 한 번쯤 의심해봤어야 한다. 어른들이라면 나의 친할머니 친할아버지를 뜻하는 게 아닌가. 다른 것은 그렇다 치더라도 외할머니가 그분들을 걱정한다는 것은 앞뒤가 맞지 않았다. 이모도 그런 외할머니를 향해 코웃음을 쳐 보이지 않았던가.

엄마는 일 년 전쯤 집에서 나와 외가에 잠깐 머무른 뒤 서울로 올라갔다. 외삼촌들 곁에서 자리를 잡겠다는 명분이었지만 정말로 그런지는 알 수 없었다.

외가에 있을 때, 엄마는 우리 집에 제사라도 다가오면 가야 하나 말아야 하나 늘 전전긍긍하면서 속을 태웠다. 조금도 가고 싶지 않을 뿐 아니라 아버지와는 인연이 다했다고 믿는 판이었으니 가야 할 까닭도 없었다.

처음에는 시집에서 나와버린 엄마를 향해 외할머니는 노발대발 화를 냈다. 네가 죽어야 할 곳은 거기라며 당장 돌아가라고 소리를 질렀다. 하지만 하루 이틀이 지나자 외할머니는 점차 잠잠해졌고 조금씩 엄마를 용납하는 것 같았다.

뿐만 아니라 엄마가 아버지나 할머니, 할아버지에 관해 흉이라도 보면 어느새 은근슬쩍 끼어들었다. 그러게 처음부터 잘 알아보고 혼인을 했어야 하는 건데, 하고 한숨을 지을 때도 있었다. 나중에는 외할머니가 한술 더 뜰 때가 많았다.

"그놈의 집구석 어찌 되든 싹 잊어버려라."

그러고는 이제는 지긋지긋하니 더는 언급도 말라는 식이었다. 그런데 그런 외할머니가 할머니 할아버지가 걱정할지도 모르니까 집에 한번 가봐야 하는 게 아니냐고 말하고 있는 것이다. 그것도 엄마는 물론 아버지조차 없는 집에.

이번에는 외가에서 보낸 시간이 특별히 길었던 것은 사실이다. 어림잡아도 두 달이 다 되어가는 것 같다. 그동안 하느물에서 학교에 다녔고 집에는 한 번도 가지 않았다. 하느물 아이들도 나와 같은 초등학교에 다니고 있었던 것이다.

물론 누구도 걱정하지는 않으리라고 믿는다. 내가 집을 나온 다음 날 모든 것을 다 짐작하고 있었던 듯 할아버지는 책가방과 책을 챙겨 5학년 1반 교실로 찾아오셨다. 마침 그날은 장날이었다. 그러다 방학을 맞은 것이었다.

일요일이던 그날, 나는 단지 뭉게구름을 따라 집을 나왔을 뿐이다.

마루 끝에 앉아 막 따온 살구를 먹으면서 햇볕을 쪼이고 있는데 게으른 햇살이 때 긴 발가락 새를 간질이며 천천히 발목을 향해 기어올랐다. 마침 어디선가 익숙한 냄새가 풍겨왔다. 손바닥에 잔뜩 묻은 살구 냄새일 수도 있고 뒷동산 나무 냄새나 숲 냄새였을 수도 있고 가까운 개울에서 나는 물비린내였을 수도 있다. 나는 묘한 전율을 느끼며 멍하니 하늘을 올려다보았다. 입안의 움직임은 어느새 멈추어져 있었다. 흰 뭉게구름 한 무더기가 빠른 속도로 추녀 끝을 지나 지붕 너머로 사라지는 게 보였다. 나는 내 안의 무엇인가가 허둥지둥 빠져나가 그 뭉게구름을 뒤쫓고 있다고 느꼈다. 그 때문이었을 것이다. 나는 불현 듯 일어나 차림새 그대로 집을 나섰다.

그때는 아주 서울까지 가버리겠다고 작정했다.

내 꿈은 서울에서 사는 거였다. 거대한 고층 빌딩과 반들반들한 도로를 질주하는 자동차들, 뭐든 다 갖추어놓고 판다는 백화점, 예쁜 구두와 화려한 치마, 아니면 노랗거나 파란 막대사탕. 내가 상상하는 서울살이에는 그런 것이 갖추어져 있었다.

또 하나 빠질 수 없는 것은 엄마였다. 나는 엄마와 함께 외가도 본가도 아닌 집에서 살고 싶었다. 나는 서울이 그것을 가능하게 하는 곳이라 믿고 있었다. 갑자기 나타난 장똘이 녀석만 아니었어도 지금쯤 엄마와 함께 서울에서 살고 있을지도 모르는 일이었다.

그날 온몸에 먼지를 덮어쓴 채 나무다리 가까이 이르렀을 때였다. 뒤에서 나타난 자전거가 페달을 삐걱거리면서 나를 스치고 지나갔다. 자전거 뒤에는 커다란 망태기가 실려 있었는데 내가 거기에 눈길을 주는 순간 놀랍게도 무엇인가 길바닥으로 떨어졌다. 나물이나 잡곡 정도라고 생각하면서 가까이 접근했던 나는 깜짝 놀라 하마터면 뒤로 나자

빠질 뻔했다. 자전거에서 떨어진 것은 태어난 지 대여섯 달은 되어 보이는 데다 대가리에 붉은 볏이 막 돋아나기 시작한 수탉이었다. 녀석은 양 다리를 퍼더버린 채 땅에 팽개쳐졌다가 부끄러운 듯 얼른 일어나더니 비스듬히 서서 나를 엿보았다. 비로소 정신을 차린 내가 닭을 떨어뜨린 사람을 부르려고 고개를 돌렸을 때에는 이미 아무도 보이지 않았다.

나는 아랑곳 않은 채 계속 걸어갔다.

나무다리를 지나자 길은 점점 낯설어졌다. 어두운 동굴을 감춘 길모퉁이 커다란 바위와 드문드문 서 있는 오래된 허수아비의 야비한 웃음, 나무에 걸린 채 살려달라고 비명을 질러대는 찢어진 비닐 조각. 사실은 거기서부터는 내가 전혀 경험하지 못한 곳이었다. 지명조차 몰랐다. 나는 두렵고 막막해서 조금 걷다가 뒤를 돌아다보았다.

"꼬꼬꼬꼬……."

수탉이 낮은 소리로 뭐라고 지껄이면서 나를 쳐다보고 있었다. 녀석이 거기까지 뒤쫓아 온 것이다. 나는 공연히 마음을 들킨 것 같아 부끄러웠다.

'녀석이 나를 지켜보고 있다. 의연하게 앞으로 나아가자.'

나는 떠밀리듯 계속 앞으로 나아갔다. 그러다가 다시 뒤돌아보았는데 녀석은 강아지처럼 잘도 따라왔다. 내가 걸음을 멈추고 뒤돌아보면 녀석도 멈추었다. 마치 지금 막 발걸음을 내디디려는데 네가 방해가 되었다는 듯이 한쪽 다리를 들어 배에다 바짝 붙인 채였다. 나는 길을 비켜주는 대신 수탉에게 이렇게 물었다.

"배고파?"

그러자 녀석은 마치 말을 알아듣기라도 한 듯 꼬꼬댁 꼬꼬, 울부짖으며 난리였다. 집도 없고 사람도 없는 곳에서의 닭울음소리는 묘한 감정적 파장을 불러왔다. 정신이 몽롱해지면서 내가 서 있는 그곳이 어디인지 아득해지는 것이었다. 엄마의 얼굴도 가물가물하고 내 이름도 생각나지 않았다.

나는 치마 앞에 달린 주머니를 뒤졌다. 주머니 밑바닥, 박음질이 된 부분에 먼지 같은 부스러기가 끼어 있을 뿐 닭에게 줄 것이라고는 아무것도 없었다. 나는 부스러기를 손바닥에 모은 다음 장난스럽게 내밀었다. 녀석은 배에 붙인 다리를 움직여 한 발짝 내 앞으로 다가와 조금 망설이더니 그것을 쪼았다. 닭의 딱딱한 부리가 내 작은 손바닥에 닿는 순간 이유를 알 수 없는 서러움이 복받쳐 올랐다. 녀석이 불쌍하고 가엾었다. 어떻게든 닭의 배를 채워주고 싶었다.

나는 녀석을 안고 동백나무 가로수 길을 지나 외가로 갔다.

그때부터 장똘이는 나의 분신과도 같은 존재가 되었다. 내 밥을 나누어주고 벌레나 곤충을 잡아다 배불리 먹였다. 녀석이 가장 좋아하는 먹이는 살아 있는 물고기였다. 미꾸라지나 피라미 같은 것을 잡아다 마당에 던져놓으면 눈이 왕방울만 해진 채 놀라워했다. 입에 문 물고기를 땅에다 서너 번 패대기를 치면서 기절을 시킬 때에는 온몸의 깃털이 곤두서서 덩치가 두 배는 되는 것 같았다.

그런데 서울살이와 미련 없이 바꿔치기 한, 그토록 귀하고 소중한 녀석이 웬일인지 아침부터 보이지 않았다. 간밤의 꿈에서 녀석을 본 것도 같은데 혹시라도 무슨 일이 생긴 것은 아닐까. 나는 더욱 초조해 진 채 다시금 집안을 샅샅이 뒤지면서 녀석을 찾아다녔다.

2

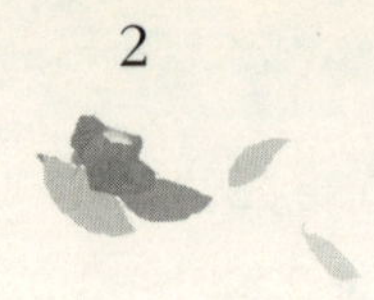

그분이 온다

정오가 조금 못 된 시각, 지난번 비에 무너진 곳을 손보기 위해 마을 사람들이 모여 부역을 하고 있었다. 젊은 사람들이 보막이 공사를 하고 있는 틈에 끼어 이것저것 잔소리를 일삼던 노인들이 이 빠진 소리를 내며 처음으로 그 이야기를 꺼냈다.

"그런데, 참, 상여집이 헐린다민서?"

"예, 보기에 이렇게 좋지가 않아서……."

마을 이장이 대답했다.

"이만하면 됐지, 상여집이 뭔 대궐 겉애야 되나?"

노인의 이마 한쪽에 새겨진 넙적한 흉터가 도드라지며 주름이 잡혔다. 기분이 언짢다는 뜻인 것 같았다. 그까짓 추레하고 으스스하기만 한 상여집이 어찌 되든 무슨 상관이라고 저러는 걸까. 옆에서 듣고 있던 나는 이해가 되지 않았다.

마을 앞 산기슭 쪽에 있는 상여집은 정말 허름하였다. 죽은 사람을 장사지낼 때 사용하는 장례 도구들을 그 안에 보관하다가 필요한 집이 생기면 언제든지 가져다 썼다. 마을의 공동재산인데도 관리는 소홀한 편이었다.

새마을운동이랍시고 집집마다 빚을 내어 지붕에 기와를 올리고 슬레이트를 이었지만 상여집만은 여전히 초가였다. 벽도 여기저기가 패이고 갈라져 곧 허물어질 것 같은 형상이었다. 가끔 너구리 같은 짐승들이 그 안에서 튀어나와 산을 향해 달아날 때도 있었다.

나는 아이들을 따라 돋움발을 하고 그 안을 들여다본 적이 있었다. 돌멩이 위로 올라설 때의 두려움에 걸맞게 대번에 무시무시한 광경이 눈앞에 펼쳐졌다. 어떻게 보면 붉고 하얀 원기둥 같은 덩어리 하나가 빙글빙글 돌면서 살아 움직이는 것 같기도 하고 달리 보면 거대한 황금빛 짐승이 용틀임하는 것 같기도 했다.

원기둥의 굵기는 이편과 저편이 서로 달랐다. 맞은편이 가늘면서 삐뚜름하니 휘어져 있어 더욱 그럴싸한 느낌이었다. 비명을 지르기도 전에 몸이 먼저 휘청거렸다. 하지만 나는 이내 균형을 잡으면서 계속 버티어냈다. 자세히 보니 공포감을 불러일으키는 그것은 단순하고 게으른 햇빛일 뿐이었다. 바깥에서 들이친 빛이 짓궂은 농간을 부렸다는 것을 알고 나는 가슴을 쓸어내렸다.

상여집에는 창호지가 발라져 있지 않은 동그란 광창이 나 있었는데 석양빛은 거기서부터 반대편 벽에 뚫린 구멍을 향해 수평으로 흐르는 중이었다. 그것은 정말 흐른다고밖에는 표현할 길이 없었다. 빛과 어우러진 미세한 먼지 입자의 움직임은 만지면 따끔한 감각이 느껴질 것처럼 생생했으며 요란하고 호들갑스러웠다. 아주 작은 진동조차 용납치 않는 조용한 그곳에서 그것들이 소란을 피우는 이유를 나는 알 것 같았다. 뾰족한 꼬챙이 한 조각이 원기둥을 깊이 찌르고 있었던 것이다. 달리 보니 그것들은 원통 안에 갇힌 채 오도 가도 못하는 신세였다. 어쩌면 그래서 더 날뛰는지도 모르는 일이었다.

길둥근 원통에 대한 우호적인 호기심은 그리 오래 가지 못했다. 어둡고 희미한 흙벽 너머로 울긋불긋한 천과 깃발 같은 헝겊조각이 상여 위로 걸쳐져 있는 게 보였던 것이다. 한순간 그것이 시체처럼 벌떡 일어나 몸을 휘감아오는 느낌에 사지가 얼어붙는 것 같았다. 원기둥을 찌른 꼬챙이의 정체도 분명해졌다. 상여에 걸쳐진 깃대 끝이 천장 가까이 닿아 있었던 것이다. 종이로 만든 희고 붉은 꽃도 심상치 않았다. 커다란 꽃은 사시사철 시들지 않았는데 그 때문에 나는 더 무서웠다.

그런데 마침내 그 상여집이 헐릴 위기에 처하다니, 나는 옆에서 듣는 것만으로도 속이 후련하였다. 해묵은 체증이 가라앉는 것 같았다.

모르긴 해도 아마 동네 사람들에게 일일이 물어본다면 하나같이 꺼림칙하다고 말할 것이다. 공연히 재앙이라도 당할까 싶어 차마 대놓고 이렇게 하자 저렇게 하자고는 못하지만 속으로는 허물어버리든지 아주 멀리 눈에 띄지 않는 곳으로 옮기든지 해야 한다고 생각하는 게 틀림없었다. 그런데 물색 모르는 노인은 자꾸만 우기고 있었다. 이장이 말했다.

"흉물스러운 건 사실이잖아요. 새마을에도 이렇게 안 맞고."

"답답하구먼. 이렇게는 뭐가 자꾸 이렇게야?"

꾸짖는 것 같은 노인의 지적에도 어숭그러한 이장은 웃기만 할 뿐 얼굴색 하나 변하지 않았다. 어떻게 보면 부끄러워하는 것 같았다.

이장은 툭하면 말 중간에다 '이렇게'라는 단어를 집어넣었다. 마을 방송을 할 때에도 그런 식이었다. 처음에는 어색하고 답답했다. 아이들은 한 번 방송하는 동안 '이렇게'가 몇 번이나 나왔는지 세어놓은 다음 나중에 맞춰보면서 낄낄거리곤 하였다.

하지만 자꾸 듣다 보니 그럴듯한 느낌이 없지 않았다. 라디오처럼 말을 반들반들하게 비다듬은 것보다는 정겨운 느낌이 있어서 하느물만의 방송이라는 자부심을 느끼기에 모자람이 없었다. 또 듣기에 숨이 차지도 않았고 무엇보다도 중간 중간 말의 내용을 상상하는 버릇이 생기는 것 같아 좋았다. 이장이 면전에서 '이렇게' 하고 말할 때에는 신바람이 나기도 했다. 노인이 느닷없이 퉁바리를 먹인 것은 비단 '이렇게'가 거슬려서만은 아닐 터였다. 그보다는 노인들은 무엇이든 지키려고만 하는 버릇이 있어 상여집도 우선은 보호하고 봐야겠다는 마음이 컸을 것이다. 분위기가 어색해졌다고 판단했는지 이장이 이번에는 누가 들어도 솔깃한 이야기를 꺼냈다.

"그뿐 아니라 저 앞의 나무다리도 시멘트 다리로 바꿀 거라요."

"나무다리를?"

방금 전과는 달리 사람들의 눈빛이 반짝거리며 빛났다. 나라에서 오래된 고물 나무다리 대신에 최신식 시멘트 다리를 놓아준다니 그렇게 고마울 수가 없는 노릇이었다. 이제는 소나 개도 그 다리를 마음대로 지나다닐 수 있게 된 것이다. 나 역시 신식 다리라는 말을 듣는 순간 기대와 설렘으로 가슴이 벅차오르는 것을 느꼈다.

장터를 거쳐 집으로 돌아가는 길에도 시멘트 다리가 있었다. 나는 자주 그 다리를 건너가는 꿈을 꾸곤 한다. 다리 아래를 내려다보는 꿈, 홍수가 나서 떠내려가는 물건이나 짐승을 안타깝게 바라본 일, 그곳에서 친구를 만나 소꿉놀이하며 노는 꿈, 커다란 팽이 위에 올라타 뱅글뱅글 돌다가 난간을 부수거나 강물 속으로 추락하는 꿈, 건너편에 엄마가 서 있는 것을 보고 달려갔으나 아무도 없어서 당황했던 꿈, 다리 아래에서 잔치 같은 게 벌어져 흥청거리는 꿈……. 실제로 시원한 바람을 맞으면서 난간에 얹어놓은 손을 끌고 걸어가는 기분은 얼마나 유쾌했던가. 손바닥은 백색 시멘트 가루가 묻어서 화장을 한 듯 뽀얘졌다. 나는 검은 피부가 하얗게 되기를 바라는 마음에서 손바닥을 팔뚝에다 문지르고 또 문질렀다.

무엇보다 그 다리는 외가와 본가의 중간쯤에 위치해 있었다. 외가로 가려면 멀고 먼 산길을 지나 어쩔 수 없이 그 다리를 건너야 했고 집으로 갈 때에도 피하기는 힘들었다. 어떤 경우든 다리 한가운데 서 게 되면 그곳이 이곳과 저곳의 중간 지점이라는 사실이 뼈저리게 느 껴지곤 했다. 그래서인지 다리를 건넌다는 사실이 언제나 힘겹기만 했었다. 차라리 그 다리에서 모든 것들이 멈추어버렸으면 할 때도 있 었다.

그런데 그런 다리가 외가 입구에도 들어선다니, 나는 흥분이 되면 서도 묘하게 가슴이 아팠다. 앞으로 다리에 대한 내 꿈은 더 복잡해지 고 더 슬퍼질 것이다.

"그나저나 갑자기 나라에서 이렇게 인심을 쓰는 이유가 뭐라나?"

노인이 작은 돌에다 대고 담뱃대를 톡톡 두들기며 말했다. 그러자 인식이 아버지가 삽질하던 동작을 멈추면서 끼어들었다.

"뭐 지난번 감자 짝이야 날라고요?"

"감자?"

그러자 여기저기서 소란 같은 웅성거림이 일어났다. 여기서 감자가 왜 나오느냐는 얘기부터 감자 소리만 들어도 울화가 치민다는 식이 말 이었다. 어떤 사람은 얼마 전 동네 감자 싹이 다 죽어버린 게 마치 인 식이 아버지 탓이라도 되는 양 노려보기도 하는 것이었다.

하느물 사람들은 주로 자주색 감자를 심었다. 자주색이라고 해서 자주감자라고 불렀다. 눈이 많고 아린 맛은 있지만 맛은 괜찮았다. 그 런데 올 봄에 면에서는 개량종이라면서 새 감자 씨를 가져와 나눠주었다. 분도 많고 알이 굵을 뿐 아니라 더 많이 수확할 수 있다면서 그걸 심으라고 독촉했다. 그런데 씨를 묻고 난 지 보름이 지나도 싹이 트지 않았다. 영문을 알 리 없는 사람들은 역시 대단한 종자라고 감탄했다. 대개 감자는 땅에 묻고 나서 열흘이 지나면 싹이 났던 것이다.

문제는 보름이 넘고 한 달이 지나도 싹이 나지 않았다는 것이다. 그제야 이상하게 여긴 사람들은 땅을 파보았다. 흙속에서 감자 씨는 썩어서 다 문드러진 뒤였다. 감자 환갑이라던 하지 무렵에 수확을 하고 나서 가을 감자를 한 번 더 심곤 했던 하느물 사람들은 불만이 이만저만하지 않았다. 나라에서 썩은 종자를 씨라고 나눠줘서 한 해 농사를 망쳤다고 했다. 정오 아재도 외할머니 땅에 감자를 잔뜩 심었다가 낭패를 보았다. 문제는 자주감자를 다 먹어치우고 말아 종자조차 남아 있지 않았다는 것이다. 할 수 없이 씨를 사다 새로 심었다. 그러니 인식이 아버지가 무심코 꺼낸 말에도 사람들은 공연히 분통을 터뜨리는 것이다.

"어디 약을 잘못 쓴 거라? 불에 꺼실린 기라? 어째서 감자 씨가 다 썩었는지 지금 생각해도 아까와 죽겠어."

노인의 표정은 많이 풀어지긴 했지만 여전히 아쉬움 같은 것을 드러내고 있었다. 하지만 그러면 그럴수록 이장의 표정에는 여유가 넘쳐났다. 이장은 어떤 비밀스런 이야기라도 간직하고 있고 그 비밀을 지키는 게 벅차다는 듯 옅은 한숨을 자꾸만 내뱉고 있었다. 그러더니 어느 순간 마침내 다 털어놓기로 작정한 듯 사람들을 자기가 타고 온 오토바이 곁으로 끌어 모았다. 키가 땅딸막한 그는 사람들에게 폭 파묻히듯 에워싸였다.

"사실은 말이지요……."

이장 바로 옆에 서 있던 몇 사람 빼고는 무슨 말이 오고 갔는지 알 길이 없었다. 하지만 이장의 몇 마디가 끝나자 더 이상 상여집이 어떻다느니 감자 씨가 썩었다느니 하고 불만을 토로하는 사람은 없었다. 마을에서 연세가 두 번째로 많은 뒷집 할아버지는 입술을 작고 동그랗게 오므리면서 넋이 나간 듯 멍해졌다. 숨을 쉬는 게 버거운지 가끔 깊은 숨을 내뱉으면서 구부러진 가슴을 바로 펴기도 했다. 다른 사람들은 고개를 끄덕이며 "그랬었군." "그럼, 그럼, 협조해야지." "우리한테도 영광스러운 일이지." 하는 식으로 태도가 돌변했다. 하나같이 자부심이 가득 찬 그런 표정이었다. 멀찍이 떨어져 앉은 사람 중에는 궁금증을 이기지 못하고 이장이 말한 내용을 확인하려고 옆 사람에게 말을 거는 사람도 보였다. 그들 역시 이내 고개를 끄덕이며 무언가를 황감해하고 입술에 침을 발랐다.

"무슨 일이라?"

궁금한 나머지 나는 옆에 있던 아이들에게 물었지만 영문을 모르기는 그 애들도 마찬가지였다. 뒷집 할아버지한테 다가가 말을 걸었을 때에는 아직껏 충격에서 벗어나지 못한 듯 눈빛이 몽롱하게 젖어 있었다. 나는 도무지 안달이 나서 참을 수가 없었다. 도대체 무슨 일일까. 무슨 일인데 쇠심줄같이 고집 센 노인들의 태도가 저렇듯 야들야들한

풋나물처럼 돌변하고 말았는가.

저녁나절이 되어서야 나는 겨우 그 내막을 자세히 알아들을 수 있었다. 처음에는 나 역시 숨이 막혀 아무 말도 나오지 않았다.

그 어른이 온다는 것이다.

그 어른이란 군인 출신으로 이 나라 최고 실력자가 된 사람을 두고 하는 말이었다. 그는 역사상 가장 위대한 영웅이었고 이 나라를 가난에서 구해준 민족의 은인이었다. 그런데 그가 두어 달 후에 고향을 방문할 예정이고 내친 김에 남쪽 땅을 죽 둘러본다는 것이다. 그때는 어쩔 수 없이 하느물 앞을 지나가게 되어 있다고 했다. 말하자면 내가 서울 가는 곳이라고 믿었던 길을 그는 화려하게 거슬러 내려오는 셈이었다. 그러니 그가 지나가는 길목마다 새마을운동의 흔적과 성과가 성공적으로 드러나 있어야 하는 것이다. 초가집은 물론 상여집이나 흉흉한 폐가 같은 게 그분의 눈살을 찌푸리게 해서는 곤란했다.

친할아버지만 해도 평소에 그의 말을 할 때면 존경심이 끓어오르는 듯 얼굴까지 불콰하게 상기되곤 했었다. 더더구나 그의 고향이 하느물에서 아주 멀지는 않은 곳이라니, 아이들까지 그 어른을 자랑스러워하는 것은 어쩌면 당연한 일인지도 몰랐다.

그런데 그 뒤끝에 이상한 소문도 들렸다.

외할머니 심부름을 하고 집으로 돌아가는데 골목에서 미순이가 나를 불렀다. 순간 나는 뜨끔했다. 바로 전날, 마을회관 벽에다가 미순이에 대한 욕을 적어놓았던 것이다. 강에서 남자아이들이 나를 놀릴 때

내 편을 들어주지 않은 데 대한 복수였다. 나는 그것이 들통났나 싶었다. 어쩌면 머리끄덩이를 잡고 싸우게 되는지도 모르는 일이었다. 애써 시치미를 떼며 태연한 표정을 짓고 있는데 미순이가 물었다.

"야, 들었나?"

"뭘?"

"동백나무가 뽑힌단다."

휘유, 나는 속으로 안도의 한숨을 내쉬었다. 미순이는 아직 그 낙서를 보지 못한 모양이었다. 그런데 뭐, 동백나무가 어떻게 된다고? 나는 눈을 둥그렇게 떴다.

"왜?"

"동백나무가 새마을하고는 안 맞는단다."

미순이의 대답은 좀 생뚱스러웠다. 나는 픽 웃으면서 미순이를 쳐다보았다. 만화에 나오는 사오정처럼 그 애는 가끔 엉뚱한 소리를 하곤 했다. 지나가는 말로 밥 먹었냐고 물으면,

"뭐? 미련한 곰이라고? 너 죽을래?"

하면서 화를 내는 식이었다. 그럴 때는 꼭 고장 난 인형 같았다. 그러니 동백나무가 새마을하고 안 맞는다는 이야기도 분명히 엉터리일 것이다. 일부러 골목에다가도 꽃을 심는 판에 멀쩡한 꽃나무를 뽑다니, 그게 어디 말이나 되는 소리인가. 나는 미순이 말을 무시하며 못 들은 체했다. 그 애의 뒤퉁스러움에 질리는 느낌이었다.

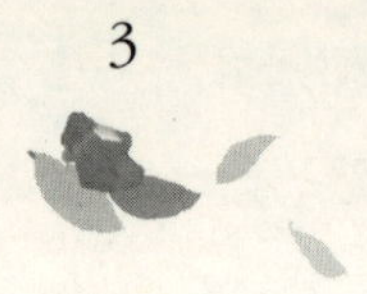

누드 사진

늦은 오후쯤에 이모와 함께 광주리를 끼고 뒷산에 있는 밭으로 갔
다. 붉게 익은 고추를 늦기 전에 따서 널어야 한다며 외할머니는 내내
성화를 대었다.

처음에는 고추 따는 일을 돕다가 곧 포기하고 말았다. 냄새도 싫었
지만 무엇보다 무른 고추를 만졌을 때의 느낌이 징그러웠다. 마치 누
에나 개구리 알을 만지는 것 같았다.

결국 내가 할 일은 벌레를 잡는 일이었다. 바가지를 대고 농작물의
줄기에 천연덕스레 붙어 있는 녀석들을 발견해 꼬챙이로 털어내는 일
은 과일을 따는 것보다 재미있었다. 참깨나무에 매달려 있는 벌레는

몸집도 크고 색깔도 예뻤다. 나는 배추벌레도 귀신같이 잡아내곤 해서 외할머니까지 감탄사를 내뱉었다.

잠깐 잡았을 뿐인데 벌레가 벌써 바가지 밑구멍을 다 가릴 만큼 많아졌다.

'장뜰이 녀석은 도대체 어디에 있는 거라?'

이제는 슬슬 화가 나기 시작했다. 이토록 싱싱한 벌레를 많이 잡은 것도 모르고 어딘가에서 놀고 있을 녀석을 생각하니 울화통이 터졌다. 내 조바심을 알 리 없는 녀석은 기껏해야 거름더미 같은 데나 뒤지면서 썩은 곡식이나 주워 먹고 있을 터였다.

'나타나기만 해봐라.'

나는 혼을 내주겠다며 단단히 별렀다.

갑자기 오줌이 마려워 동백나무 밑에다가 바가지를 놔두고는 산으로 들어갔다. 풀을 젖히며 마땅한 자리를 찾는데 문득 간밤에 꾸었던 꿈이 떠올랐다.

꿈에서 나는 한참을 걸어서 어딘가에 도착했다. 그리고 풀을 헤치고 어둡고 으슥한 곳으로 들어가 오줌을 누었다. 사실은 그것이 내가 기억하는 꿈 내용의 전부였다. 문제는 풀이 다리에 닿아 따끔거리던 느낌이었다. 그 느낌만은 어쩐지 꿈 같지 않았다. 간밤에 실제로 겪은 일만 같았다.

그런 생각을 하자 이상하게도 외할머니에게로 시선이 갔다. 내가 길을 걷고 오줌을 눌 때 외할머니가 옆에 있었던 것 같은 느낌이 들었다. 외할머니가 속옷을 올려줄 때 고무줄을 넣은 부분이 넓적다리에 돌돌 말려 애를 먹었던 기억이 선명했다. 하지만 그것이 이전의 기억인지 간밤의 꿈에서 겪은 일인지를 생각하면 한없이 모호해졌다.

나는 물어보려고 밭머리에서 잠시 부룩을 박고 있던 외할머니에게로 천천히 걸어갔다. 그때 밭둑길을 거쳐 산에서 내려오는 사람이 있었다. 호두나무집 맏아들인 현규였다. 서울에서 내려온 대학생인 그는 얼굴이 동그랗고 야무지게 생긴 데다 피부까지 검어서 그냥 평범한 농촌 청년 같은 인상이었다. 그가 동네에서 남다른 사람임을 나타내는 것은 사진기밖에 없었다. 그는 농사일을 거들 때를 제외하고는 늘 사진기를 어깨에 메고 다녔다.

그 사진기로 말할 것 같으면 사연이 적지 않았다. 그것을 손에 넣기 위해 군대까지 다녀온 그가 부모를 속였다는 소문이 자자했다. 석 달치 하숙비를 한꺼번에 받아가서는 그 돈으로 사진기를 덜컥 사버렸다는 것이다. 그 때문에 그는 한동안 공장에 다니는 친구 집을 전전하면서 학교에 다녔다.

그에게 이번 여름방학은 유난히 길었다. 어찌 된 일인지 그는 개학이 되어 서울로 올라간 지 얼마 되지도 않았는데 고향으로 도로 내려와 그때까지 서너 달을 버티면서 내리 놀고 있는 중이었다. 긴급조치니 휴교령이니 하는 말이 돌았으나 그것에 관해 제대로 설명해주는 사람은 없었다. 그 역시 별말이 없었다.

"안녕하셨어요, 어머니?"

그가 어머니라고 부르자 외할머니의 눈 꼬리가 대번에 치켜 올라갔
다. 하지만 다른 때와는 달리 외할머니는 "어머니는 누가 어머니라?"
하면서 소리를 질러대지는 않았다. 사실 나는 그것이 퍽 의심스러웠
다. 며칠 전에 이모를 야단칠 때의 서슬로 미루어보면 그를 만나자마
자 요절을 냈어야 할 외할머니였다. 남의 자식이니 두들겨 패지는 못
하더라도 카메라를 빼앗아 땅에다 내동댕이쳤어야 하지 않는가, 하는
생각을 나는 은근히 하고 있었다. 외할머니라면 그러고도 남을 사람이
었고 또 그럴 만한 이유가 있었다.

그날따라 나는 뒤늦게 강으로 나갔다. 강에는 동네 아이들이 대부
분 나와서 놀고 있었다. 아이 우는 소리가 끊이질 않는 것으로 보아 큰
아이들이 개구리나 뱀을 잡아 여자 아이들에게 해코지라도 가한 모양
이었다.

"왔다, 왔어."

내가 가까이 다가가자 아이들이 기다렸다는 듯이 우르르 몰려왔다.
거기에는 반 친구인 미순이도 끼어 있었다. 나는 아주 뜨악한 느낌이
어서 뒤로 한 발짝 물러났다. 아무리 하느물에 오래 머물러 있다지만
나는 그래도 타동네 사람이었다. 나는 아이들에게 한 번도 환영을 받
아본 기억이 없었다. 그런데 뜬금없이 아이들이 몰려와 나를 빙 둘러
싼 것이다.

"얼레리 꼴레리."

아이들은 박수를 치면서 대뜸 그렇게 놀려댔다. 나는 뭘? 왜? 하면

서 뒷걸음질하기 바빴다. 불시에 습격이라도 받은 기분이었다. 미순이
를 쳐다봤더니 내 편이 되어 아이들을 말리기는커녕 재미있다는 듯이
얄궂은 웃음을 물고 있었다.

"야, 발가벗고 사진을 찍었다민서?"

"뭐, 뭐라고?"

나는 어리둥절한데다 당황하기까지 하여 황망히 아이들을 둘러보
았다. 발가벗고 사진을 찍다니, 생뚱맞기가 이를 데 없었다. 자다가 봉
창 두드리는 격이었다. 하지만 아이들은 전혀 물러설 태세가 아니었
다. 오히려 점점 더 그악스러워지는 느낌이었다.

"남자 앞에서 뺄건 몸뚱이를 드러낸 채 사진을 찍었다더라."

"미쳤나? 누, 누가?"

"누구긴, 너 이모지."

나는 너무 어이가 없어 입이 다물어지지 않았다. 머리끝으로 뜨거
운 피가 몰리고 있었다. 곧이어 얼굴이 확확 달아올랐다. 창피하거나
부끄러워서라기보다는 분노 때문이었다. 나는 녀석들의 말을 터무니
없는 모함이라고 생각했다.

"그걸 누드 사진이라고 한대."

"누드? 누워서 찍었다고 누드라고 하나?"

"애인끼리니까 발가벗고 누워서 찍은 거지."

"아이라, 이 강가에서 찍었다던데?"

"여기서, 정말?"

아이들은 오도깝스레 나서며 저희끼리 신바람을 내고 난리였다. 다리 위로 장터 문화상회 김씨 아저씨의 파란색 삼륜차가 뒤뚱거리며 지나가고 있었다. 누드라니, 나는 그런 생경한 말은 들어본 적도 없었다. 게다가 멀쩡한 우리 이모가 왜 발가벗고 사진을 찍는단 말인가. 나는 짱짱한 음성으로 소리쳤다.

"아이라, 말도 안 돼. 우리 이모가 그럴 리가 없어."

"너 이모한테 가서 속 시원히 물어봐라. 그런 사진을 찍었는지 안 찍었는지 물어보면 될 거 아이라?"

내가 말도 안 되는 소리라며 주먹을 쥐자 이장 아들 덕수가 내 턱 밑에다 바싹 얼굴을 들이대며 소리쳤다. 나는 그 얄미운 녀석을 한 대 패주고 싶었지만 슬그머니 손을 내리고 말았다. 녀석은 나보다 나이도 한 살 많았지만 덩치는 두 배나 됐다.

게다가 사진의 내용이라는 게 흉측하기가 이를 데 없었다. 발가벗은 이모가 훤한 대낮에 물이 줄어든 강가 바위틈에서 엉덩이를 드러내놓고 찍은 것부터 묘한 표정으로 커다란 바위를 끌어안은 것까지 별의별 사진이 다 있다는 것이었다. 말을 전한 덕수는 이모 흉내를 낸답시고 눈을 게슴츠레 뜨고 입을 희한하게 벌리면서 몸을 비비 틀었다. 나는 이번에는 돌멩이 하나를 집어 들고 때릴 듯이 덕수를 노려보았다.

"봤나? 네가 직접 봤나?"

"안 봐도 다 안다, 가시나야, 벌써 소문이 쫙 퍼졌다니까."

"아이라, 다 거짓말이라."

녀석이 너무나 얄미웠다. 직접 보지도 않았으면서 마치 본 것처럼 거짓말을 늘어놓다니, 하지만 돌멩이 역시 던지지를 못했다. 녀석이 쳐봐, 쳐봐, 하면서 가까이 다가오는 바람에 뒷걸음질을 치다가 돌을 떨어뜨린 것이었다.

아이들을 혼자서 당해내는 게 버겁기만 했던 나는 할 수 없이 집을 향해 뛰어갔다. 뛰다가 배가 아프면 걸음을 멈추고는 허리를 구부린 채 먼 산을 바라보았다. 가로수 틈새로 멀리 인식이네 묏등에 심어놓은 동백나무가 비옷 입은 사람처럼 반짝거리는 게 보였다. 또 어떻게 보면 책에서 본 왕릉의 사신상을 연상케 했다. 윤곽에 불과한 그것을 한참 동안 바라보고 나자 마음이 조금씩 가라앉았다.

나는 이모가 연애한다는 사실 때문에 과장된 소문이 퍼진 것이라고 여겼다.

두 사람이 동백나무를 두고 사랑의 맹세를 나누었다는 말은 이모에게 직접 들었다. 하늘도 있고 땅도 있고 별도 있고 달도 있는데 어째서 하필이면 동백나무였던 걸까. 궁금증을 이기지 못한 내가 물었을 때 이모는 하느물의 동백나무도 저 하늘의 별처럼 백 년이 가고 이백 년이 흘러도 사라지지 않을 것이기 때문이라고 했다.

"나무는 언젠가는 죽잖아?"

"동백은 하나가 죽어도 잔뿌리에서 다른 나무가 나서 또 자란단다. 가지를 잘라 꺾꽂이를 해도 되고. 그러니 안심해도 돼."

"난 그래도 해나 별에다 대고 맹세를 하는 게 더 좋은데."

"해나 별은 벌써 너무 많은 사람들이 맹세를 해버렸어. 아마 이젠 더 이상 맹세를 해도 받아주지 않을 거라. 지켜지기도 힘들걸?"

"하긴⋯⋯."

나는 더 이상 할 말이 없었다. 그도 그럴 것 같았다. 너무 많은 맹세가 넘쳐나는 것도 믿음직하지 못한 일이다. 시시해 보이는 것이다. 세상에서 아마 동백나무에다 대고 맹세를 한 사람은 이모 말고는 없을 것이다.

집으로 갔더니 이미 난리가 나 있었다. 부엌 안에서 외할머니가 부지깽이를 거머쥔 채 이모를 다그치고 있었다.

"당장 이실직고해라. 현규 앞에서 빨가벗고 사진을 찍었다는 게 사실이라?"

"빨가벗다니, 누가 빨가벗었다고 그래?"

"네가 뻘건 몸뚱이로 사진 속에 나온 걸 본 사람이 있다던데?"

"그게 말이나 돼? 아이라."

이모가 다급하게 양손을 허우적거리듯 내젓고는 아니라고 소리쳤다. 그쯤에서 외할머니도 어쩔 수 없이 주춤 물러섰다.

"그럼 지금, 그게 사실이 아이라는 거라, 뭐라?"

"아이지, 그럼. 내가 난데없이 왜 빨가벗는단 말이라?"

나는 안도의 한숨을 몰아쉬었다. 그러면 그렇지. 순간 강가에서 나를 놀렸던 녀석들의 얼굴이 하나하나 떠올랐다. 거친 몸짓, 야비한 미소와 무례한 손가락질이 생생하게 나를 압박해왔다. 단단히 복수를 하고 두 배로 혼내주리라. 나는 발을 동동거리며 주먹을 쥐었다.

하지만 다음 순간 온몸에서 기운이 빠져나가는 허탈감을 느꼈다. 외할머니가 그렇다면 왜 그런 소문이 났느냐고, 소문을 퍼뜨린 놈을 아니까 당장 같이 가서 박살을 내자며 잡아끌자 이모가 잠깐만, 어쩌고 하더니 더듬더듬 사실을 털어놓았다. 물론 이모는 누드와는 아무런 관련이 없다고 우겼다.

"그냥 한쪽 윗도리를 어깨 밑으로 살짝 내리고……. 아유, 그냥 장난으로 그래 본 거라, 사진기가 있으니까 신기해서. 아무것도 아이라는데 엄마는 왜 그렇게 흥분을 하고 그래?"

"뭐, 윗도리를 어깨 밑으로 어째?"

순간 부지깽이가 이모의 등허리를 사정없이 후려갈겼다. 이모가 입고 있던 흰색 상의에 시커먼 줄이 수없이 그어졌다. 태어날 때부터 몸이 약하다는 이유로 외할머니는 이모를 향해 눈도 크게 뜨지 않았다. 가끔 잔소리는 늘어놓아도 외삼촌들 역시 이모에게 손을 대는 경우는 극히 드물었다. 이모는 곧 잘못했다며 빌었다.

그 일이 있고 난 다음 날 그가 사과를 하겠다며 외할머니를 찾아왔으나 이모가 대문 밖에서 돌려보냈다. 그가 눈앞에 보이면 외할머니가 더 화를 낼지도 모른다는 이유에서였다.

그 후 첫 대면이었던 만큼 그는 외할머니를 보자마자 오던 길을 되돌아가 몸을 숨기는 게 옳았는지도 모른다. 아니면 두섭이네 집 쪽으로 돌아서 산을 내려가는 것도 하나의 방법이었다. 그런데 어떻게든 몸을 피하려고 하기는커녕 어머니라고 부르면서 도리어 외할머니를 자극하고 있었다. 더 이상한 건 외할머니였다. 마주 달려들어 카메라라도 빼앗아 부술 줄 알았는데 어쩐지 시들한 낯빛이었다. 나는 그런 외할머니에게 자꾸만 눈길이 갔다.

사실 그가 어머니라고 부른 것에 대해 외할머니가 예민한 반응을 보인 것은 사진 사건이 있기 훨씬 전부터였다. 외할머니는 어머니라고 부르는 그를 순순히 용납한 적이 한 번도 없었다. 외할머니라고 해서 그 호칭의 의미를 모르지는 않았다.

한 번은 이웃집 점순이 엄마가 빨래터에 앉아 방망이로 탕탕 두들기며 삶은 옷을 빨다가 외할머니에게 이런 말을 한 적이 있었다.

"아따, 아지매도 참, 저만한 사윗감이면 더 바랄 게 없겠구만 뭘 그렇게 튕겨요?"

그러자 외할머니는 부당한 험담이라도 들은 사람처럼 눈을 시퍼렇게 뜨면서 점순이 엄마를 노려보았다. 먼 산에서 천둥이 울고 번개가 쳐서 방 안의 전기불이 켜졌다 꺼졌다 하는 순간 공포심을 누르고 밖을 내다보면 처마 밑으로 파란 바람 같은 것이 스치고 지나가는 것을 볼 수 있는데 외할머니가 점순이 엄마를 향해 화를 낼 때에도 그와 비슷한 바람이 지나가는 것 같았다. 다른 것이 있다면 우르릉 쾅쾅, 소리를 지르지 않는다는 것뿐. 졸지에 벼락을 맞은 점순이 엄마는 움찔 놀라면서 얼른 입을 다물었다.

사실 호칭에 관한 문제는 나와도 관련이 있었다. 길에서 마주치기라도 하면 그는 내 팔을 아프게 붙잡고는 이모부라 불러보라며 채근하고 보챘다. 내가 내키지 않아 가만히 있으면 꾸짖듯이 눈에 힘을 주거나 애원하고 매달렸다. 소원이니까 딱 한 번만 그렇게 불러달라는 것이었다. 하지만 나는 고집스레 입을 다물었다.

"너 오늘 되게 예쁘다."

현규가 입술을 벌쭉하게 열며 이모에게 속삭였다. 특히 이모가 입은 녹색 블라우스가 멋있다면서 주름진 부분을 만져보고 아랫단을 잡아당겼다. 그러면서 쉴 새 없이 키득거렸다. 머지않아 하느물 앞을 지나갈, 그분을 향한 관심도 포함되어 있었다. 하지만 왠지 그 이야기를 할 때에는 두 사람 모두 입술을 삐죽거렸다. 동백나무가 뽑힌다는 말은 없었다. 역시 미순이가 뭘 잘못 알고 떠벌린 게 분명했다.

한참을 실컷 자기들만의 눈빛을 주고받은 그는 외할머니를 향해 그만 가보겠습니다, 하고 소리를 질렀다. 그가 뒷모습을 보이며 내려가자 외할머니는 거칠게 고추를 따서 광주리 안으로 던져 넣었다. 그러고는 못마땅하다는 듯 혀를 찼다.

"쓸개 빠진 놈."

그것은 외할머니가 그에게 가장 자주 하던 욕이었다. 사실 동네에서 그에게 욕을 하는 어른은 외할머니밖에 없었다. 그의 앞날이야말로 훤히 열려 있다고 확신하기 때문에 모두들 턱없이 관대하게 그를 대했다. 이모는 못 들은 체하면서 고추밭으로 허리를 숙였다. 그때 나는 보았다. 허리를 반쯤 숙인 외할머니가 그가 산을 내려가는 뒷모습을 몰래 바라보는 것을. 게다가 그 지긋한 눈빛이라니. 그러다가 깊이 한숨을 몰아쉬며 고추밭으로 다시 허리를 숙이는 것이었다.

그가 어떤 사람이냐 하는 문제는 그렇다고 치더라도 나는 외할머니의 행동도 잘 이해되지 않았다. 이모는 스물다섯이 넘은 나이였다. 그만하면 혼기가 꽉 찬 노처녀로 통했다. 하나 남은 딸인 이모의 결혼에 각별한 관심을 보일 만도 했건만 외할머니는 외려 남자에게 관심을 보이는 이모를 나무라고 있는 것이다.

"이년이 아무래도 죽고 싶은가부라."

언젠가 그런 반응을 보인 적도 있었다. 지나치게 거칠지도 않고 그렇다고 비꼬는 말투도 아니었다. 오히려 오래된 슬픔 같은 것이 묻어난 어두운 음성이었다. 그런데 가끔 그의 뒷모습을 이해할 수 없는 눈빛으로 지켜보기도 하는 것이었다.

나는 외할머니가 이모에게 뭘 바라는지 도무지 알 수가 없었다.

4

나뭇잎소년

나비 한 마리를 쫓아 산속으로 들어갔다가 두섭이를 만났다. 두섭이는 바위에 걸터앉아 시루떡을 먹고 있었다. 다른 한 손으로는 벌레 먹은 나뭇잎으로 볼품없는 눈을 가리고는 사방을 휘휘 둘러보았다. 그러다가 나를 발견했는지 시선이 한 곳으로 고정되었다. 녀석은 조금 거만한 말투로 소리쳤다.

"니도 그분이 온다는 이야기는 들었겠지?"

나는 애써 무관심한 체하면서 산등성이만 두리번거렸다. 하지만 속으로는 콧방귀를 연이어 뀌고 있었다. 그분이 제 친척이라도 된다는 말투가 아니꼬웠다. 게다가 참 속도 없는 녀석이었다. 그분이 오면 상여집은 무너질 것이고 그러면 해마다 그곳으로 찾아오는 귀신은 갈 곳이 없어질 텐데 어째서 생각이 거기에 미치지 못하는지 나는 이해가 되지 않았다.

하느물 사람들은 울긋불긋한 천이 오백 개도 넘게 늘어뜨려져 있는, 으리으리하게 크면서도 소름끼치게 무서운 상여집을 두섭이의 생가라고 불렀다. 녀석이 바로 그 안에서 태어났다는 것이다.

오래 전, 동백꽃이 흐드러지게 핀 어느 날, 그 안에서 난데없이 고양이 울음소리가 들려왔다고 한다. 하루 밤 내내 들려온 산고양이 소리 때문에 동네 사람들은 잠을 설쳤다.

다음 날 아침, 어른들 몇이 상여집의 비밀스런 문을 열었다. 하지만 언뜻 보기에는 별다른 이상 징후가 발견되지 않았다. 울음소리가 들리기는 했으나 아주 작아서 지붕 위나 땅 속 깊은 곳에서 울리는 것처럼 비현실적으로 여겨졌다. 그 당시 이장을 보던 어른이 안으로 들어가 부지깽이만 한 막대로 벽면이며 상여를 툭툭 쳤다. 그러자 소리는 멎는 듯싶었다.

"흠흠."

이상한 냄새라도 맡은 것인지 잠시 동작을 멈춘 이장이 코를 큼큼대면서 고개를 갸웃거렸다. 그러더니 상여의 중심부에서 아래로 늘어진 천을 막대 끝으로 걷어 올리고는 그 안을 삐죽이 엿보았다. 그곳은 관을 넣는 곳이었다. 이장은 못 볼 것이라도 본 사람처럼 소스라치며 뒤로 물러났다.

꺼림칙한 생각에 상여집 문턱을 넘지 않고 구경만 하던 사람들이 하나 둘 안으로 들어가 붉거나 노란 천을 걷어 올렸다. 모두들 질겁을 하고는 쫓기듯 밖으로 도망쳐 나왔다. 남다른 용기를 낸 사람은 뜻밖에도 나의 외할머니였다고 한다. 외할머니는 오로지 시체밖에 연상되지 않는 거기에서 무엇인가를 번쩍 들어올렸다. 놀랍게도 그것은 고양이가 아니라 살아 있는 아이였다. 새끼 고양이만한 아이는 갓 낳은 쥐처럼 온몸이 새빨갰다. 논두렁에 쌓아 놓은 짚가리 같은 데서 놀다 보면 새집처럼 뭉쳐진 지푸라기 속에서 빨갛고 노란 새끼 쥐를 얼마든지 볼 수 있는데 그 쥐를 닮은, 쥐만큼 아주 작은 아기였다. 언제부터 얼마나 운 것인지 진이 다 빠진 아기는 어미 팔 밑에 깔린 채 새파랗게 버둥거리고 있었다.

아이 엄마는 동네와 장터에 자주 나타나곤 하던 떠돌이 광녀였다. 사는 곳도 알 수 없고 이름도 알려지지 않았던 여자는 동백이 피는 따뜻한 봄이면 어김없이 나타나 추위가 몰아닥치는 가을이면 거짓말처럼 모습을 감추었다.

여자는 동백을 유난히 좋아했다고 한다. 마을로 들어온 여자가 주로 시간을 보낸 곳은 동백나무 아래였다. 거기서 동네 사람들이 나눠 준 음식을 먹고 잠을 잤을 뿐 아니라 노래도 부르고 춤도 추었다. 그러다가 기분이 내키면 말끔하게 풀을 뽑아 가로수 길을 깨끗하게 단장하는 것이었다.

떠돌이 여자는 죽어 있었다.

다행이라면 탯줄은 잘라져서 갈무리까지 그런대로 마친 상태였다
는 것이다. 그녀는 동네에서 멀리 떨어진 얕은 산자락에 어떤 격식이
나 절차도 없이 아무렇게나 묻혔다. 그곳까지 그녀를 운반한 용구는
상여가 아니라 지게였다. 아이는 산 밑에서 무당 흉내를 내며 살던 여
자가 데려가 키우기로 했다. 그 아이가 두섭이었다.

불행하게 살다간 여자들이 죽은 후에 될 만한 것은 귀신밖에 없었
다. 그 여자도 귀신이 되었다. 떠돌이 여자 귀신은 세상을 미친 듯이
떠돌다가 매년 두섭이의 생일날만 되면 상여집에 나타나 이상한 새소
리를 내어 하느물 사람들을 놀라게 했다. 어떤 사람들은 그 소리가 다
름 아닌 동박새의 울음소리라고 하기도 했다.

떠돌이 여자 귀신이 키득거리면서 떠드는 이야기는 더욱 수상쩍
었다. 하느님이 자기 뱃속에 아이를 집어넣고 바느질을 할 때 실수로
뱀 한 마리가 딸려 들어갔는데 그것이 자기가 죽어버린 이유라는 것
이었다.

그런데도 두섭이 녀석은 그분이 온다는 사실에만 흥분하고 있는 것
이었다.

나는 나비를 찾아 사방을 두리번거렸다. 하지만 두섭이가 계속 지
켜보는 게 신경이 쓰여 결국은 신경질적인 동작으로 걸음을 멈추었다.

"보지 마."

나는 만만한 짐승이라도 쫓듯이 오른쪽 발로 힘껏 돌멩이를 걸어찼
다. 하지만 두섭이는 전혀 개의치 않았다. 여전히 나뭇잎을 눈에다 바

싹 대고는 앉은자리에서 미욱한 몸을 요리조리 돌려가면서 끈질기게
나를 바라보았다.

녀석은 언제나 그런 식이었다. 벌레가 갉아먹은 구멍을 통해 사람
들을 바라보고 먼 산을 구경하고 물속을 들여다보았다. 숫스러운 녀석
이 생기가 넘칠 때는 그 순간뿐이었다. 나뭇잎만 눈에 대고 있으면 해
코지하려는 아이들조차 두려워하지 않았다. 그러다가 "비행기가 흰
똥을 싸면서 추락한다.", "베트콩이 온다, 빠바바방." 하는 따위의 뜬
금없는 소리를 늘어놓을 때도 있었다.

그런데 두섭이가 함부로 내뱉는 소리가 영 엉뚱하지만은 않다고 생
각하는 사람들도 더러 있었다. 잘 씻지를 않아 늘 꼬질꼬질한데다 바
보처럼 어리뜩해서 이 사람 저 사람에게 짓궂은 놀림을 당하기는 해도
없는 사실을 말하지는 않는다는 것이었다. 이를테면 두섭이가 나뭇잎
의 구멍을 들여다보면서 비행기가 추락한다고 소리치면 넓은 세상 어
딘가에서 분명히 비행기 사고가 났을 거라는 게 사람들의 굳건한 믿음
이었다.

"그 애가 저 어미를 닮아서 신통력이 있는가부라."

어른들은 멋대로 추측을 해놓고는 그것이 사실이라는 전제 하에 그
렇게 감탄하고는 했다. 나는 그때마다 콧방귀를 뀌었다. 녀석이 지금
의 엄마를 닮았으리라는 것은 얼토당토않았다.

"너, 이거 먹어."

두섭이는 나뭇잎을 옆으로 내던지고는 손으로 시루떡을 나누었다.

그 중에서 제 입 자국이 나지 않은 부분을 나에게 내밀면서 히죽 웃었
다. 칡넝쿨 근처를 어른거리며 까물대던 나비는 두섭이네 집이 있는
산속을 향해 날아가버린 뒤였다. 나는 두섭이를 무시한 채 돌아섰다.
녀석과 말을 주고받은 것만도 자존심이 상하는데 떡까지 나누어먹다
니. 말도 안 되는 일이었다. 행여 다른 아이들에게 들키기라도 한다면
그때는 정말 끝장이었다. 그러나 두섭이는 어느새 내 앞을 가로막고
있었다.

“이거 먹어.”

“싫어!”

나는 단호하면서도 신경질적인 동작으로 고개를 가로저었다. 그러
자 두섭이는 대번에 시무룩해져서 손을 거두었다. 거절당한 창피함에
곧 울음이라도 터뜨릴 것 같았다. 잠시 내 마음이 약해졌다. 미안한 생
각이 들었다. 몇 걸음 떼어놓았던 나는 하릴없이 걸음을 멈추었다. 내
입에서는 예상 밖의 질문이 나도 모르게 튀어나왔다.

“나뭇잎으로 보면 장똘이가 어디에 있는지 알 수 있나?”

두섭이가 어떤 사람 자식인지는 내 알 바가 아니었다. 하지만 상여
안에서 태어난 아이는 세상에서 아마 두섭이밖에 없을 터이다. 그것만
으로도 녀석이 남다른 재주를 가지고 있을 가능성은 충분했다.

“장똘이?”

평소에 둔박한 편이던 녀석이 웬일인지 단번에 말귀를 알아들은 것
같았다. 눈빛이 그것을 말하고 있었다. 하지만 웬일인지 내 시선을 피

하면서 대답을 주저했다. 그러고는 줄곧 딴전을 피우는 것이었다. 느닷없이 길에 쪼그려 앉더니 작은 꼬챙이로 땅에다 동그라미 같은 것을 그렸다. 썩은 솔잎이 뭉쳐나오며 글씨 쓰기를 방해하자 이번에는 토라진 듯 멀뚱한 시선으로 가까운 곳에다가 돌멩이를 던졌다. 떡은 다른 한 손으로 움켜쥔 채였다. 나는 꼭 놀림당하는 느낌이었다. 결국 나는 발길을 돌리고 말았다. 두섭이같이 이상한 아이에게 말을 걸다니, 나는 어리석은 내 자신을 끝없이 자책하면서 돌멩이 하나를 걷어찼다.

나는 장똘이가 어디에 있는지 알고 싶었다. 어디에서 어떤 고난에 처했기에 애타는 내 마음도 모른 채 나타나지 않는 것인지 궁금하고 걱정이 되어 견딜 수가 없었다. 그러던 차에 두섭이를 만난 것이었다. 녀석은 정말 끈덕지게 달라붙었다.

"이거 니네 떡이라, 그러니까 먹어."

"뭐라고?"

나는 다시 멈추어 선 다음 한껏 멸시하는 눈초리로 두섭이를 돌아보았다. 그런 말도 안 되는 거짓말을 하는 까닭을 나는 알 수가 없었다.

"어젯밤에 니네 고사 지낸 떡이라. 우리 집에 얼마나 많은데."

다른 때와는 달리 녀석이 민첩하게 다음 말을 이었다. 표정은 외할머니나 이모가 나에게 먹을 것을 내밀 때와 비슷했다. 내가 그것을 원한다는 것을 조금도 의심하지 않는 눈빛이었다. 그것이 나를 화나게 했는지도 모른다. 내가 생각할 때 그런 눈빛은 가까운 사람하고만 주고받는 것이었다.

"고사를 지내다니 그게 무슨 소리라?"

내 목소리에는 혐오감이 잔뜩 배어 있었다. 동네에서 고사나 굿이라고 하면 두섭이 엄마를 앞세워 어떤 의식을 행한다는 의미였다.

두섭이네 엄마는 무당도 아니면서 동네 사람들에게 그런 것을 해주면서 먹고살았다. 식구 중에 누군가 오래도록 아프거나 좋지 않은 일이 반복될 때 사람들은 두섭이 엄마를 찾아가 해결을 부탁했다. 그러면 두섭이 엄마는 점을 쳐서 방도를 찾았다.

외할머니는 두섭이 엄마의 오래된 단골이었다. 얼마 전에도 외할머니는 이모 때문에 두섭이네 집에 간 적이 있었다. 누드 사진 문제로 동네 사람들이 함부로 입방아를 찧어대자 부르르 두섭이 엄마를 찾아갔다. 그러다 보니 외가의 일이라면 두섭이 엄마가 모르는 것이 없었다. 아니, 동네 집집마다의 속사정을 두섭이 엄마는 죄다 꿰고 있었다.

두섭이 말대로라면 외할머니나 이모가 어젯밤에 두섭이 엄마를 앞세워 무언가를 했다는 것이었다. 하지만 내가 알기로는 외할머니와 이모는 일찌감치 잠자리에 들었다. 나는 외할머니가 코 고는 소리를 들으면서 잠에 빠져들었다. 한마디로 간밤에 외가에는 아무 일도 없었다. 그런데도 그런 터무니없는 거짓말을 하다니.

"흥! 우리는 그런 걸 한 적이 없어."

나는 돌 하나를 집어 들고는 던질 듯이 팔을 치켜들었다. 하지만 두섭이를 맞추지는 않고 위협하는 수준에서 그쳤다. 돌은 두섭이가 앉은 바위 한참 못 미친 곳에 힘없이 떨어졌다.

"진짜다 뭐, 우리 엄마가 떡을 주면서 그랬는데……."

두섭이는 울듯이 소리쳤다. 그러고는 도망이라도 치려는 듯 몸을 일으켰다. 녀석이 그 다음에 늘어놓은 말은 나를 혼란에 빠뜨리기에 충분했다.

"너도 소나무 숲에 갔다고 하던데? 장똘이를 끌어 묻고 그 위에다 오줌을 눴다던데?"

녀석은 그렇게 소리치고는 저희 집 쪽을 향해 휘적휘적 걸어갔다. 내가 소나무 숲에 갔다고, 언제? 장똘이를 묻고 오줌을 눠? 누가? 하지만 두섭이 녀석은 이미 사라져 모습이 보이지 않았다. 바위 근처에는 녀석이 먹다가 아무렇게나 버린 시루떡이 흙투성이인 채로 떨어져 있었는데 어느새 개미들이 새까맣게 모여들었다. 아마도 녀석이 좋다며 가까이 접근하는 것은 벌레밖에 없을 것이라고 여기면서 나는 잠시 멍한 상태로 그 자리에 서 있었다.

5

한자로 이름 쓰기

비는 열흘이 넘도록 끈덕지게 내렸다. 불어난 강물에 장터의 시멘트 다리가 끊어지고 집들이 주저앉았으며 여러 군데의 논이 휩쓸려 떠내려갔다. 사람이 다치고 짐승들도 적지 않게 희생되었다.

내가 며칠 동안 집에 다녀오는 사이 하느물도 큰 피해를 입었다. 벼가 드러누운 논이 헤아릴 수 없이 많았다. 물길은 동백나무 가로수는 물론 소나무 숲도 훑고 지나간 모양이었다. 중간 굵기의 키 큰 소나무 서너 그루가 한쪽 방향으로 몸을 기울인 채 위태로운 형상이었고 가로수에는 비닐이며 부유물들이 흉하게 걸쳐져 있었다.

오전에 나는 이모를 따라 뒷산으로 올라갔다. 비온 뒤라 싸리버섯이라도 있으면 따오겠다는 것이었지만 핑계에 지나지 않았다. 아침부터 일찌감치 그가 담 너머에서 이모에게 신호를 보내며 산으로 올라가는 것을 나는 보아서 훤히 알고 있었다. 평소처럼 그의 어깨에는 카메라가 메어져 있었다.

길은 빗물에 문드러진 쇠똥으로 질펀했다. 산길로 접어들면서 숨부터 차는지 이모는 자주 걸음을 멈추었다. 그는 마을이 한눈에 내려다보이는 산꼭대기 널찍한 바위에 걸터앉아 있었으나 카메라를 누르지는 않았다. 이모도 말없이 그 옆에 쪼그려 앉으며 하느물을 내려다보았다. 왠지 두 사람은 할 말을 잊은 것 같았다. 그건 나도 마찬가지였다.

산 중턱에는 짙은 안개가 걸쳐져 있어 마을의 일부를 절묘하게 가리고 있었다. 상여집이나 멀리 나무다리는 완전히 사라진 형국이었고 동백나무 가로수도 일부가 보였다가 말았다가 했다. 이런 날이면 하느물은 내게 어떤 착시 현상을 불러일으켰다. 마을은 온전히 하늘인 것도 아니고 땅인 것도 아닌 채, 그렇다고 강도 아니고 바다도 아닌 채, 그저 어딘가로 한없이 달려가고 있는 그런 형상이었다. 물웅덩이에 놓인 작고 아담한 장난감 배처럼 자꾸만 몸체를 동동거리며 물살을 밀어내고 있었다. 안개는 나무의 굵은 뿌리와 강바닥에 납작하게 엎드린 물고기의 꺼진 배에서 마술처럼 솟아나 산 위를 향해 꾸역꾸역 밀려오는 느낌이었다. 그러고는 어느새 내 발밑까지 닿아 있었다.

나는 강 속 깊은 곳에 있다는 동굴을 떠올리고 있었다. 그곳에도 짙은 흙탕물이 흐르고 있을 것이다. 썩은 나무뿌리와 잡다한 넝쿨 같은 것이 동굴 입구를 가로막고 있을지도 모르는 일이었다. 그 안에 사는 사람들은 어찌 되었을까. 그곳으로 간 장똘이는 친절한 주인을 만났을까. 행여 흙탕물 때문에 장똘이가 동굴의 입구를 제대로 찾지 못한 것은 아닐까.

장똘이를 떠올리자 순식간에 온몸으로 눈물이 차올랐다. 하지만 나는 애써 감정을 눌렀다. 이제는 아무리 울어도 소용없다는 것을 알 만큼 알았다. 한참이 지났는데도 장똘이가 나타나지 않은 것을 보면 녀석이 잘못된 것은 너무나 분명해 보였다. 녀석이 집으로 돌아오지 않는 사이 세상은 물에 잠겼다가 다시 떠올랐다. 어딘가에 살아 있었더라도 물 때문에 다 틀려버린 일이었다. 수탉이 물속에서 숨을 쉰다는 이야기는 들어보지 못했다.

장똘이를 생각하면 외가에 다시는 오고 싶지 않았다. 아니, 와서는 안 되는 일이었다. 안 그래도 이번에는 어떻게든 집에서 버티어보려고 안간힘을 썼다. 하지만 아버지를 보고 난 이후로는 그게 더 힘들어졌다. 다녀간 지 얼마 되지 않았기 때문에 아버지가 또 나타날 술은 꿈에도 몰랐다. 다른 때와는 달리 아버지는 자꾸만 나에게 말을 걸었다. 나는 못마땅하다기보다는 아버지와 마주 앉아 있는 게 한없이 불편하고 답답했다.

밤에 아버지는 손에 종이 한 장과 볼펜을 들고 내 방으로 들어왔다. 엎드린 채 장판 무늬를 빗금 삼아 강낭콩을 튕기며 놀던 나는 화들짝

놀라서 얼른 일어나 앉았다. 아버지는 내 앞에 앉은 다음 흰 종이를 방
바닥에 정성스레 펴놓았다. 그러고는 대뜸 묻는 것이었다.

"너, 한문을 쓸 줄 아느냐?"

나는 아무 말도 할 수가 없었다. 아버지가 질문하는 의도를 몰랐으
므로 쓸 줄 안다고 해야 할지 아니라고 해야 할지 판단이 서지를 않았
다. 아버지든 할아버지든 한문을 소중히 여기는 사람들이라고 말해준
것은 이모였다. 외할아버지도 한문을 알아야만 비로소 글을 아는 것이
라고 여겼다는 말을 들었을 때에는 조금 우쭐한 느낌이었다. 왜냐하면
나는 한문으로 내 이름은 물론 외가와 본가 가족들의 이름을 모두 쓸
줄 알았다. 내가 영문을 몰라 머뭇거리는 사이 아버지가 진득하면서도
낮은 음성으로 말했다.

"여기다가 네 이름을 써보아라."

억양을 낮추고 상대방을 살머시 짓누르는 것 같은 그 말은 퍽 이질
적인 느낌이어서 물에 젖은 옷처럼 무겁게 느껴질 때가 있었다. 순간
적으로 나는 볼펜을 잡기 위해 손을 내뻗었다. 하지만 이내 거두어들
이며 양 손을 가지런히 무릎 위에다 올려놓았다. 그런 다음 인내심 있
게 버티었다. 이것은 시험이라는 생각이 들었다. 꼭 찍어서 뭐라고 말
하기는 힘들어도 결과에 따라 많은 것들이 달라질 수도 있는 일인 만
큼 신중할 필요가 있었다. 내 행동을 엉뚱하게 해석한 아버지가 너그
럽게 한 마디를 덧붙였다.

"글씨는 바르게 쓰지 못해도 괜찮다. 비뚤어진 것은 얼마든지 고칠

수 있으니까."

순간 키득, 하고 웃음이 새어 나올 뻔했다. 아버지가 나에 관해 아무것도 모른다는 게 슬프거나 서럽지 않았다. 아버지를 속이고 있는데도 떨리거나 두렵기는커녕 고소하고 통쾌했다. 방금 전에만 해도 이미 한문 몇 자를 배워버린 현실이 원망스러웠었다. 그것이 아버지와 나 사이를 연결 짓는 유일한 끈이라며 막연히 짐작했던 것이다. 끈을 꽉 붙들고 있어야 할 내가 이름자를 알아버렸으니 아버지는 내게도 부모가 필요하다는 사실을 영영 모르고 지나갈 가능성이 높았다. 얼핏 생각해도 그리 해서는 곤란한 일이었다.

한편으로는 아버지가 이름을 써보라고 하는 순간 이상하게도 마음이 환히 트이는 것 같은 느낌을 받았다. 기분이 우울하고 갑갑증이 나서 방문을 열고 밖으로 나서자 하늘에서 펑펑 눈이 쏟아져 내리는 것을 보았을 때와 비슷한 감정이었다. 물론 왜, 어째서 그런 생각이 들었는지에 관해서는 생각할 틈도, 여유도 없었다. 아버지가 한 번 더 재촉을 하자 나는 드디어 볼펜을 잡았다. 나는 바보처럼 행동하기로 마음먹었다. 종이 바깥에서 시작해 윗부분에다가 한일자(一)를 그리면서 다시 종이 바깥으로 끌듯이 볼펜을 죽 그어나갔다. 그러고는 당황해할 아버지의 표정을 훔쳐볼 요량으로 곁눈질을 했다. 아버지는 난감해하되 놀라는 것 같지는 않았다.

"이것이 무엇이냐?"

"막대기입니다."

나는 '한일자'라고 하지 않고 막대기라고 했다. 자칫 '한일자'라고 했다가는 내가 이미 이름을 쓸 수 있다는 사실을 들킬 것만 같았다.

"이름을 쓰라고 했는데 어째서 막대기를 그렸지?"

"이선민이라는 이름에서 막대기 그리는 것만 배웠습니다."

나는 의기양양하게 대답했다. 이(李)라는 글자의 첫 획이 아닌 막대기라니, 얼마나 멋지고 기막힌 대답인가. 나는 다시 한 번 키득, 하고 웃을 뻔했다.

"음, 그래?"

아버지는 알겠다는 듯 고개를 끄덕였다. 도대체 무엇을 알았다는 것인지 알 수가 없었지만 나는 더 이상 아무 말도 않은 채 가만히 있었다. 아버지의 얼굴에서 핏기가 사라지는 것을 확인했기 때문이었다. 5학년이나 된 아이가 제 이름자도 쓰지 못하다니. 아버지의 당혹감이 어디에서 기인하는지 나는 얼마든지 짐작할 수 있었다.

내가 가지고 놀던 분홍색 강낭콩은 윗목으로 굴러가 재봉틀 발판 밑에 숨은 채 바싹 긴장해 있는 모습이었다. 용무를 다 끝낸 아버지는 한숨을 한 번 내쉬더니 방문을 열고 밖으로 나갔다. 내 눈길은 여전히 강낭콩에만 머물러 있었다.

한참 동안 강낭콩의 줄무늬를 노려보고 있는데 스멀스멀 불안감 같은 게 솟아나 조금씩 나를 채우기 시작했다. 잠시 후에 방 안은 온통 불안한 두려움으로 가득 차 있었다. 나는 아버지 앞으로 달려가 잘못했다며 빌고 싶다는 충동을 느꼈다. 모든 것을 고백하고 용서해달라며 매달리고 싶었다. 하지만 아버지와 마주하는 것이야말로 더 큰 두려움이어서 선뜻 용기를 내기가 힘들었다. 나는 윗목으로 다가가 강낭콩을 주워서 거칠게 집어던졌다. 콩은 벽에 한 번 부딪쳤다가 튕겨져 내 옆으로 다시 돌아왔다.

다음 날 아침밥을 먹는데 할머니가 물었다.

"선민이 이번에 아버지를 따라갈래?"

"왜요?"

"그게……."

나로서는 가장 쉬운 질문을 말대답 삼아 했는데 그것이 할머니를 곤란하게 한 모양이었다. 할머니는 마땅한 대답을 찾지 못해 쩔쩔맸다.

"거기서 학교도 다니고 동생들도 만나고……."

할머니는 다음 말을 얼른 잇지 못한 채 아버지와 할아버지의 눈치를 살폈다. 나는 가슴이 뛰어 다른 사람 표정은 엿볼 겨를도 없었다. 더 듣고 싶은 생각이 없었다. 동생들이라니, 정말 황당한 이야기가 아닐 수 없었다. 내게는 동생이 없었다. 있지도 않은 동생을 운운한다면 어떤 음모가 있는 게 틀림없었다. 게다가 아버지가 직접 나서서 함께 가자고 하는 것도 아니었다. 할머니는 그저 할머니 생각을 말하고 있을 뿐이었다.

"난 그냥 이모하고 하느물에서 살래요."

나는 아무렇지도 않은 목소리로 말했다. 내 말에 내가 슬퍼지는 일이 없도록 애썼다. 그 순간 간밤에 아버지에게 미안했던 생각은 싹 사라지고 없었다. '한일자'도 쓰지 말았어야 했어. 나는 밥을 다 먹은 다음 시무룩하게 숟가락을 놓았다. 남은 일은 하느물로 돌아가는 것뿐이었다. 나는 다시는 집에 돌아오지 않겠다고 생각했다. 이제는 차라리 하느물을 집처럼 여기리라 결심했다.

하느물로 돌아왔을 때에는 장똘이 생각에 괴로웠다. 아무 일도 없었던 것처럼 오리와 암탉, 토끼 같은 짐승들에게 모이를 주는 것도 못할 노릇이었고 더 이상 벌레를 잡을 필요가 없다는 사실도 견디기 힘들었다. 생각 같아서는 엄마를 찾아 서울로 가버리고 싶지만 그 또한 수월한 일은 아니었다. 나는 날마다 기운이 빠져갔다.

"아무것도 보이지 않는데 도대체 뭘 찍어요?"

안개는 점점 흩어졌고 덩달아 하느물의 윤곽도 희미하게 뭉개져갔다. 그는 그럼에도 불구하고 렌즈를 마을 한복판에다 맞추고는 셔터를 눌러댔다. 그는 그렇게 찍은 사진 중에서 작품이 나오면 어딘가에 보낼 거라고 했다. 잘하면 하느물의 동백나무 가로수가 책에 나올 수도 있다고 했다. 하지만 안개 긴 날 이렇게 먼 거리에서 사진을 찍다니, 아무리 생각해도 미심쩍은 느낌이 들었다. 혹시 이 사람이 엉터리 사진사는 아닌가, 의심스러울 정도였다.

"사진은 풍경만 담는 게 아니라. 풍경을 볼 때의 기분이나 생각도 기억을 한단다."

자고 일어난 사람처럼 그의 목소리는 뻑뻑하게 잠겨 있었다. 어쩌면 안개 탓인지도 몰랐다. 이모 역시 날씨가 좋지 않으면 목소리가 달라지곤 했던 것이다.

"지금 기분이 어떤데요?"

딱히 궁금한 것은 아니었지만 나는 내키는 대로 물어보았다. 그런데 그의 대답은 곧바로 튀어나왔다. 그것도 아주 거친 한 마디였다.

"아주 좋지 않아."

그러자 이모가 가볍게 그의 등을 쳤다. 나무란다기보다는 말리고 있는 것 같았다. 그는 잘못 발동이 걸린 기계처럼 계속 툴툴거렸다. 잠시 후에야 나는 겨우 영문을 알 수 있었다. 하지만 조금 엉뚱한 이야기여서 믿기지가 않을 정도였다. 나는 그가 짓궂은 거짓말을 하고 있는지도 모른다는 생각을 했다.

6

새마을과 동백

하지만 그의 말이 농담이나 거짓말이 아니라는 것은 곧 드러났다. 내가 듣기에도 동백나무 가로수에 관한 이야기는 조금 심하다 싶었다. 그것은 그냥 미순이같이 엉뚱한 아이가 뭘 모르고 뱉어내는 그런 이야기여야 하는 것이다.

동백은 큰 나무만 치더라도 어림잡아 백 그루가 넘었다. 게다가 오랜 세월 같은 땅에서 붙박이처럼 자라나 얽히고설킨 뿌리가 어디까지, 얼마나 뻗어 있는지는 짐작하기조차 힘들었다. 새로 나서 자라고 있는 뿌리만도 숱하게 많은 것 같았다.

인근에 논이 있는 사람들도 자주 그와 같은 문제에 직면했다. 동백이 논둑은 말할 것도 없고 느닷없이 논바닥을 뚫고 나올 때가 없지 않았다. 하지만 아무도 순리를 거스르지는 않았다. 나무 그늘이 사시사철 논으로 드리워도 뭐라고 불만을 토로하는 이가 없었다. 그것은 애초부터 그런 거였고 앞으로도 그럴 거였다.

철철이 거기에 들인 공은 또 얼마란 말인가. 가급적이면 보기 좋으라고 일부러 시간을 내어 가지를 쳐주고 몇 년에 한 번씩은 거름도 주었다. 한 뿌리에서 여러 갈래로 갈라진 줄기조차 손질이 아주 잘되어 늘 동그랗고 보기가 좋았다. 가지는 치면 칠수록 꽃은 많이, 극성스럽게 피었다. 봄이면 늘 새떼들의 아우성으로 마을이 조용할 날이 없었지만 누구든지 금세 익숙해졌다. 하늘에서 줄줄 흘러내리는 듯 흔한 햇살과 동백은 아주 잘 어울리는 풍경을 연출했다. 새들은 나무 위에 앉아 놀다가 가끔 아래를 향해 돌멩이처럼 뚝, 하고 수직으로 떨어질 때도 있었다.

동백나무는 마을의 위안이었고 개인의 이해를 넘어서는 것이었다. 그런데 이제 그 동백나무가 진정한 위기를 맞은 것이다. 사람들의 반응도 상여집이나 나무다리 때와는 사뭇 달랐다. 목소리에는 불만이 배어 있었다.

"동백나무가 우째서 거기 있시만 안 된다는 것인가?"

"그 어른이 지나가다가 볼 거 아이라요?"

조합에 다니는 상식이 아버지는 뻔한 걸 뭘 물어보냐는 투였다. 그 어른이라는 말에 듣고 있던 몇 사람이 찔끔 놀라면서 새삼스레 자세를 가다듬었다. 나 역시 가슴이 덜컥 내려앉았다. 동백을 없앤다는 것은 분명히 말도 안 되는데 그 어른이라는 말에는 기가 질리는 느낌이었다. 속수무책 할 말이 없는 것이다. 그런데 노인들은 조금 다른 것 같았다. 꼬치꼬치 이치를 따지며 물고 늘어졌다. 누구보다도 그 어른을 반기는 입장인데도 그랬다.

"그 어른이 보면 우때서?"

"그 어른 기분이 상할 테니까요."

"왜? 그 어른이 꽃을 싫어하시나?"

이도 없는 노인 입에서 그런 말이 흘러나왔을 때 몇 사람이 키득거리며 웃었다. 하지만 내게는 그 웃음의 의미가 조금 어려웠다. 이 빠진 것을 조금도 아랑곳하지 않는 것 같아 웃은 것 같기도 하고 너무 쉬운 것을 혼자만 모른 채 물어봐서 그런 것 같기도 했다. 하긴 내가 생각해도 그분이 동백꽃을 싫어할 까닭은 없는 것 같았다. 그런 걸 물어보는 자체가 바보스러운 일이었다. 더구나 동백꽃 가로수는 상여집이 헐리는 것과는 다른 문제였다. 상여집은 누가 봐도 흉하지만 동백은 오히려 정반대였다. 동백을 싫어하는 사람이 있다면 그가 바로 이상한 사람인 것이다. 비웃듯이 실컷 웃고 난 상식이 아버지가 말귀 어두운 사람에게 하듯이 목소리를 또박또박 끊어서 말했다.

"아유, 그게 아이고요, 동백은 새마을운동에 어긋나는 거잖아요."

"동백이 우째서 새마을운동에 어긋나는 것인가?"

노인은 부스럭대며 주머니를 뒤지더니 종이에 꼬깃꼬깃 싼 것을 꺼내 펼쳤다. 담배가루였다. 그쯤에서 나는 조금 답답하다는 생각이 들었다. 지난번 상여집 문제로 시끄러울 때와 비슷한 이야기가 맥없이 반복되는 느낌이었다. 그렇지만 노인의 말이 아주 틀린 것은 또 아니어서 대화를 지켜보지 않을 수도 없는 입장이었다. 노인은 천연덕스럽게 앉아 곰방대에 담배를 정성껏 우겨넣고 있었다. 상식이 아버지가 대답했다.

"가로수로는 안 어울린대요."

"가로수? 동백나무 가로수가 우때서? 보기만 좋은데."

"하느물에서는 보기 좋을지 몰라도 이 나라에서는 아이라는 것이지요."

처음에는 그저 노인을 납득시키겠다는 생각뿐이었으나 대화를 나눌수록 이상하게도 감정이 생겨나는 모양이었다. 상식이 아버지 목소리가 점점 커졌다. 노인도 상식이 아버지의 그런 변화를 눈치 챈 것 같았다.

"모르는 소리 말아. 세상천지 어딜 가봐. 동백나무가 마을 앞에 줄을 서서 자라는 데가 있는가. 이건 이 동네의 자랑이고 우리나라의 자랑인 거라."

"그건 그렇지 않아요. 동백은 알고 보만 새마을운동하고 궁합이 안 맞아요."

"궁합은 무슨 궁합? 누가 동백하고 접붙이자 하더나?"

노인이 쥐어박는 소리를 내자 사람들이 낄낄대며 웃어댔다. 이번에

는 입장이 바뀐 것 같았다. 구석으로 몰린 듯 상식이 아버지 얼굴이 벌
겋게 상기되었다. 그는 점잖은 사람이었고 평소에 식언을 하는 사람이
아니었다. 매사에 분명할 뿐 아니라 남에게 흠 잡힐 일이라고는 한 적
이 없었다. 그러니 그가 하는 말이라면 팥으로 메주를 쑨다고 해도 믿
어주어야 하는 게 아닌가. 그런데 노망도 안 난 노인네가 바락바락 우
기면서 비위를 상하게 하니 아주 환장할 지경인 것 같았다. 아이고, 하
면서 뜨거운 숨을 내뱉는 게 흡사 억울한 일을 당한 사람이 화병에 걸
린 모습을 연상시켰다. 나는 이야기가 흥미를 더해가자 사람들 속으로
바싹 다가들며 귀를 기울였다. 어른들의 말싸움을 구경한다는 것은 언
제나 신나는 일이었다. 상식이 아버지는 답답하다는 듯 우거지상을 하
고는 말을 이어갔다.

"그게 아이고요. 아이 참. 이미자가 부른 〈동백 아가씨〉를 봐요. 그
것도 나라에서 부르면 안 된다고 해서 요새는 테레비에도 안 나옵니
다. 동백은 새마을운동하고 상극이라요."

나는 영문을 알 수 없어 이리저리 사람들의 눈치를 살폈다. 테레비
라는 말에 기가 죽은 건지도 몰랐다. 동네에서 텔레비전이 있는 집은
상식이네뿐이었다. 저녁마다 텔레비전 앞은 극장처럼 붐비었다. 〈연
화〉 같은 드라마 시간에는 눈물을 훔치는 사람들도 적지 않았다. 물론
나 같은 아이들은 텔레비전 가까이 접근하는 것조차 힘들었다. 바로
앞에는 안노인들이 주로 앉고 그 다음으로는 중장년층들이 앉았다. 아
이들은 물론 처녀 총각들마저 방문 밖 문기둥에 기대 가끔씩 화면 구

경이나 하는 게 전부였다. 놓친 대사나 줄거리는 중간에 앉은 어른들 중에서 먼저 이해한 사람이 변사처럼 읊조릴 때가 많았는데 간혹 내용을 잘못 전달하는 실수라도 범하는 날이면 여러 사람들로부터 비난을 면치 못했다. 내용이 모호한 줄거리나 흐름을 가지고 즉석 토론이 벌어지는 일도 비일비재했다. 그러면 문 밖에 있던 사람들은 텔레비전을 보는 게 더 힘들어졌다. 목소리가 커지면 자연스레 몸도 움직이게 마련이고 그러면 가끔 눈에 띄던 화면마저 가로막히기 일쑤였던 것이다. 그런데 날마다 늦은 밤까지 마음껏 텔레비전을 보던 상식이 아버지가 〈동백 아가씨〉를 불러서는 안 되는 노래라고 한 것이다. 모두들 금시초문일 수밖에 없었다. 노인이 대번에 퉁바리를 놓았다.

"이미자가 뭐? 테레비에 왜 안 나와. 어제도 나오던데."

하지만 어제 본 그 텔레비전은 상식이네 것이었다. 어쩔 수 없이 그 사실을 의식하고 말았는지 노인의 눈동자가 부풀어 오른 빵처럼 공허해졌다.

"이미자는 나와도 〈동백 아가씨〉는 부를 수 없다니까요."

사람들이 당황하자 상식이 아버지는 무릇 의기양양해져서 목소리를 가다듬었다. 그의 얼굴에는 사람들이 모르는 것을 알고 있는 이의 자부심이 잘 드러나 있었다. 하지만 이미자 노래는 어른 아이 할 것 없이 좋아했다. 〈동백 아가씨〉는 물론 라디오 드라마 노래인 〈우리 마을 공 선생님〉은 인기 최고여서 나조차도 가사를 훤히 알고 있었다. 그런데 그 노래를 부를 수 없다니, 나는 상식이 아버지가 무엇을 잘못 알고 있는 것은 아닌가 싶었다. 노인의 생각도 그러한 모양이었다.

"우리 며느리는 오늘 아침에도 나물 따듬으민서 〈동백 아가씨〉를 불러쌓던데 그럼 그것이 안 된다는 거라 뭐라? 에이, 말도 안 되는 소리 그만해."

"아이라요. 아이고, 답답해라."

"답답한 사람은 바로 날세, 젊은 기 뭘 모르고 나오는 대로 지껄이네. 다 아이라."

노인은 양 팔을 휘저어대며 단호하게 소리쳤다. 하기는 〈동백 아가씨〉는 이모나 외할머니도 툭하면 불렀다. 이미자 노래를 부르지 말라는 것은 아예 노래를 부르지 말라는 얘기나 다름없었다. 상식이 아버지는 불붙은 다이너마이트처럼 위태롭게 벌컥거리더니 말이 안 통한다는 듯 숫제 자기 가슴을 두들겨댔다. 관공서에 출근하는 사람답게 잠시 후에 그는 조금 위압적인 말투를 흉내 냈다.

"아무튼 나라의 방침이 그게 아이라요. 나라에서는 가로수로는 뿌라따나슨가 뭔가 하는 걸 심으라고 한대요."

"뿌라따나스? 그게 어디서 들어온 근본 없는 말이라?"

"몰라요. 어찌 되었든 이 나라에서는 가로수는 뿌라따나스래요. 그것 말고는 안 된대요."

"뭐 그런 썩어문드러질 법이 다 있나 그래. 지난번 감자처럼 그것도 개량종인가?"

"감자는 여서 감자 말이 왜 또 나와요?"

상식이 아버지가 버럭 화를 냈는데도 노인들은 못 알아듣기라도 한 듯 시치미를 뗐다. 그러고는 다투어 김빠진 소리를 주고받는 것이었다.

"그 어른이 이 앞으로 지나가는 거야 뭐 조상들이 알아도 허허 웃을 만큼 좋은 일이지. 그래도 나무를 뽑아버린다는 건 말이 안 돼."

"그렇지. 그 어른도 저런 나무가 동네에 있는 걸 보면 반기실 거라. 차 타고 지나가민서 봐도 멋있을 긴데 뭐."

"그렇고 말고."

"뭔가 착오가 있는 게 분명해. 그런 나무를 뽑는다 하는 건 말이 안 돼. 그러니 이장한테 민사무소 가서 지대로 알아보라고 하게. 뭘 똑바로 알고나 말을 해야지."

"그래, 그거 좋겠네. 이장이 그런 거 지대로 안 하고 오토바이만 타고 다니면 다라?"

오토바이란 말에 몇 사람이 소리 내어 웃었고 배꼽을 잡는 사람도 있었다. 사람들은 처음에 이장이라고 면에서 공짜로 오토바이를 줬나 싶어 펄쩍 뛰었다. 하지만 알고 봤더니 공짜는 아니었다. 다달이 이자까지 합쳐 할부금을 갚아야 하는 엄연한 빚이었다. 경운기도 없는 사람이 웬 오토바이냐고 하자 이장은 자기도 답답하다는 듯 얼굴을 찡그렸다. 어떻게 하다 보니 필요하지도 않은 물건을 말 한 번 잘못해서 산 모양이라며, 사람이 워낙 호인이다 보니 그런 일도 있는 거라고 사람들은 쑤군거렸다. 결국 그 오토바이를 주로 타고 다니는 것은 아직 초등학생인 덕수였다. 다행히 덕수는 키가 커서 다리가 벌써 발판에 닿았다. 그러다 보니 이장네 오토바이는 놀림감으로 전락해버리고 말았다. 다행히 이장은 그 자리에 없었다. 노인 한 사람이 담배연기를 길게 내품으면서 혼잣말하듯 중얼거렸다.

"허 참. 뭔 새마을이 그래, 동백나무도 안 된다는 새마을이 다 있나 그래?"

7

뒤따르는 그림자

가겟집으로 심부름을 가는데 발에다 저울추라도 단 것처럼 걸음이 무거웠다. 온몸에서 힘이란 힘은 다 빠져나가 그만 땅에 주저앉고 싶은 느낌이었다. 다른 때 같았으면 설탕이나 라면을 사오라고 하면 신바람이 난 나머지 토끼처럼 펄쩍거리면서 가겟집으로 달려갔을 것이다. 하지만 오늘은 그럴 기분이 아니었다.

외할머니의 전화통화를 일부러 엿들은 것은 아니었다. 강에서 놀다가 신이 물에 떠내려가 집으로 되돌아온 참이었다. 다행히 고무신이어서 크게 야단맞지 않을 거라고 기대는 하고 있었지만 도무지 종잡을 수 없는 외할머니였던지라 긴장된 마음으로 대문에 들어섰다.

외할머니의 말소리로 보아 통화중이라는 것을 쉽게 알 수 있었다. 아이구, 하는 소리가 연이어 들리면서 목소리가 불필요하게 높았다. "그래?" 하는 소리마저도 가볍지 않고 뱃구레 저 안에서부터 힘겹게 치받쳐 올라왔다. 그럴 때 보면 외할머니가 어디 아프다는 것은 순전히 거짓말인 것 같았다. 아프기는커녕 멧돼지라도 상대할 것 같은 기운이 느껴졌다. 나는 살금살금 부엌으로 들어가 뒤란으로 나갔다. 빨아놓은 운동화가 장독대 위에 널려 있었던 것이다. 그때였다. 외할머니의 목소리가 갑자기 낮아지면서 은밀해졌고 내 신경도 그만큼 예민하게 반응했다. 나는 걸음을 멈추었다.

"그래, 뭐하는 남정네냐?"

그 후에는 한동안 응, 응, 대답하는 소리만 들렸다. 이모 목소리도 들렸다.

"만난 지 얼마나 되었냐고 물어봐."

"결혼할 생각으로 만나고 있는지도 물어봐."

그때까지만 해도 통화한 상대가 엄마인 줄은 상상도 하지 못했다. 외할머니의 친정 조카이거나 그도 아니면 이모에게 혼처가 생겼나, 하는 생각을 얼핏 했을 뿐이다. 하지만 이모가 옆에서 "언니가 뭐래?" 하고 말하는 순간 의심스러운 마음이 생겼다. 내 다리 힘은 그 순간 다 빠져나갔다. 나는 장독대에 쌓아놓은 돌에 주저앉아 안방의 뒷문을 노려보았다. 전화를 놓은 지 얼마 되지도 않아 이런 소식을 듣게 되다니 당장에라도 달려가 선을 뽑아버리고 전화기를 내동댕이치고 싶었다.

잠시 후에 이모가 화들짝 뒷문을 열어젖혔다. 아무래도 느낌이 이상했던 모양이었다.

"에구머니, 너……."

당황한 이모는 얼른 말을 지어내며 사태를 수습하려고 했다.

"엄마가 이모한테 남자를 소개시켜주겠다고 하기에 이모가 싫다고 했어. 이모는 이미 애인이 있잖아, 안 그러나?"

"그런데 그런 전화를 어째서 외할머니가 받아?"

그러자 어느새 전화를 끊은 외할머니가 버럭 소리를 질렀다. 위로하거나 변명하려는 말투가 아니라 어디까지나 나무라는 식이었다.

"그럼, 그런 전화를 내가 받지 누가 받나?"

이모가 외할머니를 돌아보며 눈을 흘겼다. 그러더니 난데없이

"우리 오늘 저녁에 라면 끓여먹을까?"

하고는 라면과 설탕을 사오라며 심부름을 시킨 것이다. 나는 얼떨결에 라면을 사기 위해 집을 나오고 말았다.

엄마에게 남자가 생겼다!

생각만 해도 온몸에 벌레라도 기어 다니는 듯 스멀스멀 이상했다. 더구나 그 엄마는 지금 내 곁에 있지도 않는 중이고 있었던 적도 많지 않았다.

나는 언제나 멀리서만 엄마를 그리워했다. 동백나무 같은 데 올라가 혼자 있을 때면 먼 곳을 바라보며 꿈을 꾸듯 상상하는 것이다.

서울의 휘황한 거리. 나는 순백색의 원피스를 입고 세상에 단 하나

뿐인 빨간 구두를 신었다. 내 손을 잡은 엄마는 간간이 나와 눈을 마주
치며 행복한 미소를 짓는다. 다름 아닌 내가 있어 행복하다는 그런 웃
음이다. 나는 엄마 생각에 동의라도 하듯 귀여운 표정으로 깔깔대고
엄마는 감격스러운 듯 내 손을 더욱 꽉 움켜잡는다. 그때 몸집이 거대
한 자동차가 먼지를 일으키며 지나가자 엄마는 미친 듯이 나를 감싸
안는다.

그런데 그런 꿈에, 희디흰 원피스에 가느다랗게 핏물이 흘러내리고
있는 것 같다. 내 얼굴은 새까맣고 옆에 있어야 할 엄마는 사라지고 없
다. 어떻게 그럴 수가, 아이에게 어떻게 그런 꿈을 꾸게 할 수가 있는
걸까.

나는 동백나무 가지를 마구잡이로 훑으면서 걸었다. 잎을 떼어내고
손에 잡히는 대로 꽃을 내동댕이쳤다. 잔가지를 꺾어 길바닥에다 집어
던지기도 했다. 그리고 가까운 논을 향해 심술궂게 돌멩이 하나를 걷
어찼을 때였다.

저만치 논에서 일하고 있는 현규가 눈에 띄었다. 아버지를 거들면
서 피를 뽑다가 강한 햇빛을 의식하고는 상체를 쳐들었다. 그의 찌푸
린 눈은 새김질을 하는 소의 그것처럼 몽롱하기가 이를 데 없었다.

그러자 엄마에 대한 걱정은 점차 희미해졌다. 남자를 소개받았다고
다 애인이 되는 것은 아닐 터였다. 나는 엄마를 믿고 싶다. 나를 안아
줄 때의 그 온기를 의심하고 싶지는 않다. 나는 동백에서 손을 떼고는
먼지를 탁탁 털어냈다.

현규는 한 손에 뽑은 피를 든 채 멍하니 논바닥을 내려다보고 있었다. 완전히 딴 생각에 마음을 빼앗긴 것 같았다. 그건 분명히 하느물의 사람들과는 다른 점이었다.

사람들은 힘겨운 농사일에도 발걸음이 가벼웠고 얼굴에서는 미소가 사라지지 않았다. 구름 낀 날에도 빛나는 눈은 그 무엇과도 바꿀 수 없는 자부심을 상징했다.

처음에는 동백을 뽑는다는 이야기에 너나없이 발끈하였지만 시간이 지나자 조금씩 수긍해가고 있는 것 같은 느낌이 없지 않았다. 동백이 아까운 것이야말로 다 할 수 없지만 다른 도리가 없다는 식의 체념이 강하게 작용했다.

하지만 그는 달랐다. 그는 말 그대로 멍해졌다. 그건 지금도 마찬가지인 것 같았다. 내가 인사를 하는데도 반응이 없다가 뒤늦게 대답을 하였다. 하지만 엉뚱한 소리를 하면서 허둥대는 게 꼭 딴 세상에 가서 놀다 온 사람 같았다.

"집에 가나? 아버지한테 안부나 전해줘라."

"예?"

나는 화들짝 놀라면서 입을 다물지 못했다. 나를 다른 사람으로 착각한 것 같지는 않았다. 동네의 바깥으로 나가는 사람에게 집에 가느냐는 식으로 아는 체할 수 있는 것은 하느물에서 나밖에 없었다. 그는 자신이 얼토당토않은 말을 했다는 사실을 깨닫지 못한 것은 물론 되새기려고도 하지 않아 보였다. 어떻게 보면 무엇엔가 호되게 질린 사람처럼 얼굴빛이 푸르뎅뎅하게 굳어 있는 것 같기도 했다. 나는 대번에 기분이 언짢아져서 그곳을 성큼성큼 벗어났다.

'아무리 그래도 그렇지, 놀리는 것도 아니고……'

하지만 가다가 생각하니 그냥 말없이 와버린 게 조금 억울했다. 나는 토라진 듯 와락 뒤돌아섰다. 그때였다. 그림자 하나가 재빠르게 동백나무 가로수 아래 논둑 밑으로 뛰어들었다. 현규인가 하고 두리번거렸더니 그는 논에서 허리를 숙인 채 벼를 들여다보느라 여념이 없었다. 내 기분 따위는 전혀 짐작도 하지 못하는 눈치였다.

'누구지?'

하지만 정체 모를 그림자는 진녹색 풀 더미 사이에다 모습을 파묻고는 죽은 듯이 정지되어 있었다. 몸을 숙여 나무 밑을 엿보았을 때에는 아무것도 보이지 않았다.

'잘못 보았나?'

한참을 기다려도 반응이 없기에 나는 돌아섰다. 간이 부은 너구리나 산토끼일지도 모르는 일이었다. 소나무 숲이 가까운 탓인지 그곳에서는 가끔 들짐승이 모습을 드러내곤 했다. 물론 해질 녘이나 이른 아침에 자주 일어나는 일이었다.

가로수 길 끄트머리인 나무다리 입구에 겨우 숨만 쉬고 있는 짐승처럼 허름한 슬레이트 집 한 채가 웅크려 있는 게 보였다. 그 집이 하느물 사람들이 이용하는 가겟집이었다. 라면이나 과자도 팔고 소주나 막걸리도 떼어다 놓았다. 외가에 올 때 나무다리를 건너 가겟집을 지나갈 때면 이제 다 왔구나, 하는 안도감이 느껴지곤 했었다.

게다가 바로 아래에는 아이들이 툭하면 모여 노는 강변이 있었다. 물이 줄면 제법 그럴듯한 백사장이 생기기도 했다. 아이들은 그곳에서 수영도 하고 고기도 잡고 때로는 싸움도 하면서 소란을 피웠다. 나는 가겟집 안으로 들어가 이모가 시킨 대로 농심 라면 두 봉지와 백설탕을 외상으로 샀다.

설탕은 지난번 외숙모가 서울에서 사다 준 것을 먹어본 이후 처음이었다. 집으로 가면 설탕물을 타 먹을 수 있을 뿐 아니라 뒤뜰에 심어 놓은 토마토를 썰어 그 위에다 뿌려 먹으면 맛있을 것이라는 생각에 내 기분은 제법 되살아났다. 게다가 이모는 저녁으로 라면을 끓이겠다고 했다. 아무래도 오늘은 먹을 복이 있는 날인 것 같았다. 이모가 바로 이 점을 노린 게 아닌가 하는 데 생각이 미쳤을 때에는 아무려면 어떠랴 싶었다.

가겟집을 벗어난 곳에서 소나무 숲을 비스듬히 쳐다보는데 저만치 뒤에서 수상쩍은 사람의 기척이 또다시 느껴졌다. 나는 돌아보지 않고 기회만 엿보았다. 그 사람이 조금 선 논둑 아래로 뛰어늘었던 그 그림자라는 것을 알았기 때문이다. 짚이는 게 있었던 나는 우선 앞으로 보이는 마을길을 살폈다. 지켜보는 아이들이라도 있다면 그런 낭패가 없었다. 다행히 아이들은 대부분 들일에 동원되었는지 모습이 보이지 않았다. 동백나무가 가려주고 있으니 보이지 않는 것까지 굳이 신경 쓸 필요는 없었다. 나는 한순간을 정해놓고 숫자를 세다가 재빨리 뒤돌아보았다. 아니나 다를까, 짐작대로 뜨거운 태양 아래 구운 감자처럼 서 있는 것은 두섭이였다. 내 시야에 온몸이 고스란히 노출되어버린 녀석은 몸 둘 바를 몰라 쩔쩔매더니 울음이라도 터뜨릴 것처럼 인상을 찡그렸다. 늘 지저분하게 엉켜 있던 머리카락은 언제 그런 적이 있었냐는 듯 말끔하고도 단정하였으며 연신 흘러내리던 침 때문에 추하게 번들거리던 턱도 말개져 있는 상태였다. 의외의 모습에 화들짝 놀란 나는 얼른 녀석을 외면했다. 대신 의기양양해져서 녀석을 꾸짖었다.

"왜 자꾸 나를 따라오고 그러는데?"

"아이라, 난 지금 집에 가는 길이라."

"아까부터 따라왔잖아? 지난번에도 그랬고."

사실이 그랬다. 녀석은 요즘 무슨 할 말이라도 있는 것처럼 몰래 내 뒤를 밟곤 했다. 그러다가 내가 돌아보면 어디론가 감쪽같이 몸을 피했다. 장똘이가 소나무 숲에 묻혔다고 말한 그날부터였던 것 같다.

나뭇잎으로 보면 장똘이가 어디에 있는지 알 수 있나?

어쩌면 내가 그런 식으로 말을 걸었기 때문인지도 몰랐다. 하긴 하느물에서 녀석에게 누가 그런 식으로 다정하게 말을 걸어준 적이 있을까. 아니, 분명히 다정하지는 않았다. 그렇지만 또한 그런 느낌이 전혀 없는 것도 아니었다. 녀석에 대한 믿음의 문제랄까. 내가 한 말을 나중에 생각해보니 꽤나 꺼림칙했다. 나는 녀석이 무언가를 착각할까봐 두려웠다.

아무튼 녀석 때문에 자주 가서 놀던 숲이 이전과는 다른 느낌이었다. 숲 가까이만 다가가도 쭉쭉 뻗은 소나무들이 나를 향해 성큼성큼 다가오는 것 같은 착각이 일어 더운 여름인데도 식은땀이 흐르곤 했다.

만일 두섭이 엄마가 무엇인가를 위해 장똘이를 숲에다가 파묻으라고 했다면 외할머니는 충분히 그러고도 남을 사람이었다. 자식을 위하는 일이라면 아무리 혐오스러운 일도 기꺼이 해내는 사람이 외할머니였다.

문제는 장똘이가 과연 왜, 무엇을 위해 희생되었느냐, 하는 점이었다. 녀석은 별 특징이 없는, 그저 힘없이 순한 닭에 불과했다. 들고양이나 까마귀처럼 흉물스러운 동물로 알려지지도 않았다. 녀석은 단지 어리석을 만큼 착하고 살아 있는 물고기나 벌레를 지나치게 탐식하는 습관이 있을 뿐이다. 하지만 그 또한 내가 버릇 들인 것에 불과했다. 잘못이 있다면 내게 있는 것일 뿐 장똘이는 아무 상관도 없었다.

소나무 숲에서 장똘이가 묻혔을 만한 곳을 찾아보기도 했다. 하지만 아무것도 찾을 수가 없었다. 그 후 나는 소나무 숲에는 잘 가지 않았다.

"너 나한테 뭐 할 말이라도 있나?"

"아, 아니."

녀석은 얼른 손사래를 치더니 나를 앞지르고는 비틀비틀 앞으로 나아갔다. 마치 나와는 무관하게 정말 집에 가는 중이라는 것을 증명이라도 하려는 것 같았다. 녀석이 나를 스치고 지나갈 때 지독한 땀 냄새가 났다. 하지만 이전에 나던 구린내와는 조금 다른 것이었다.

녀석은 요즘에 웬일인지 몸을 자주 씻고 날마다 세수도 한다는 소문이 돌았다. 아니나 다를까 노랗기는 하지만 언제부턴가 머리카락도 다른 아이들과 다를 바 없이 정상 상태로 돌아왔다. 나 역시 도랑에서 녀석이 빨래 비누로 머리를 감는 것을 구경한 적이 있었다. 어른들은 그런 두섭이에게 별일이라며 놀려대곤 했다.

문제는 짓궂은 동네 아이들이었다. 한번은 아이들이 집단으로 나를 빙 둘러싸더니 손뼉을 쳐대면서 난리였다. 휘파람을 부는 아이도 있었다.

"얼레리 꼴레리, 좋아한대요."

처음에는 영문을 몰라 가만히 있었다. 설마 나를 향한 것이라고는 생각도 하지 못했다. 그 당시 나는 좋아하는 것이 많지 않았다. 설사 그런 것이 있었더라도 녀석들과는 상관없는 일이었다. 그런데 노래는 점점 더 노골적이고도 과격해졌다.

"두섭이는 선민이를 좋아한대요, 좋아한대요."

하다가 어느 틈엔가,

"선민이는 두섭이의 각시래요, 각시래요."

하는 것으로 바뀌었다. 나중에는 더 황당한 이야기도 들었다. 두섭이가 혼자서 나뭇잎을 들여다보다가 빙긋이 웃을 때가 있는데 나와의 결혼식을 상상할 때라는 것이었다. 물론 그런 말이 나온 배경은 따로 있었

다. 녀석은 나뭇잎을 들여다보며 웃다가 느닷없이 "딴딴따단 딴딴따
단……." 하고 결혼행진곡을 읊조리곤 했던 것이다. 하지만 두섭이가
그러거나 말거나 도대체 그것이 나하고 무슨 상관이란 말인가. 나는 억
울하고 기가 막혀 울음을 터뜨렸다. 미순이는 동정하듯이 말했다.

"하기는 고아나 다름없는 두섭이가 너 때문이 아이라면 결혼행진곡
을 알 수도 없고 알 필요도 없었겠지, 안 그래?"

나는 걱정해주는 척하면서 실제로는 울화를 돋우기만 하는 미순이
의 말투 때문에 더 화가 났다. 그 후 토라져서 사흘 동안 말을 걸지 않
았는데도 미순이는 미안하다는 사과를 하지 않았다. 그러더니 마침내
마을회관 벽에는 이런 낙서가 씌어졌다.

정 두섭♥이 선 민

하트 안을 메운 것은 붉은색 분필이었다. 나는 거의 까무러칠 뻔했
다. 그 순간을 생각하면 차라리 죽어버리고 싶었다.

누구의 짓인지 짐작도 할 수 없었다. 글씨체가 바른데다 하트 속을
꼼꼼히 채운 것을 보면 범인이 꽤나 깐깐한 성격이라는 것 정도만 추
측할 수 있을 뿐이었다.

미순이가 아닐까 의심을 하기도 했다. 내가 먼저 그 애에 관한 낙서
를 하자 앙갚음을 했을 수도 있는 일이었다. 하지만 낙서 된 높이를 생
각하면 당치도 않았다. 미순이보다 훨씬 키가 큰 아이 짓이라는 게 내

판단이었다.

두섭이는 힐끔힐끔 나를 돌아보면서도 마을 쪽으로 계속 걸어갔다. 나는 진저리가 나서 일부러 천천히 걸었다. 현규는 논둑에 앉아 담배를 피우고 있었다. 이번에는 모르는 체 지나칠 요량으로 부지런히 앞만 보고 걸었다. 웬일인지 최근에는 이모와도 뜸한 눈치였다. 만나는 횟수가 줄어든 것은 물론 안달복달하지도 않았다. 대신 그는 인식이네 누나와 자주 어울려 다녔다. 카메라를 들려준 뒤 찍어보라며 부추기는 것을 나 역시 본 적이 있었다. 게다가 인식이네 누나는 내가 보기에도 이모보다 훨씬 예뻤다.

8

무서운 꿈

　얼마 전에 서울에서 공장 다니던 인식이네 누나가 굽 높은 뾰족구
두를 신고 내려왔다. 회사에 불이 나서 더 이상 공장에 다닐 수가 없게
되었다고 했다.
　강에서 놀던 아이들은 인식이네 누나를 마을까지 쫓아왔다. 나도
그 틈에 끼어 있었다. 서울에서 누가 내려오면 으레 그런 일이 있게 마
련이었지만 그래도 굽 높은 뾰족구두는 아무리 봐도 신기하기만 하였
다. 마을에 다 이르렀을 때 현규를 만났다. 그도 인식이 누나의 구두가
신기한지 한참을 심술궂게 쳐다보더니 대뜸 이렇게 말하는 것이었다.
　"탁 쳐서 자빠뜨리고 싶네."

아이들은 멋진 한 마디를 남긴 그에게 박수를 보내며 열광했다. 이전과는 달리 내게도 현규가 달리 보인 순간이었다. 시원하고 통쾌하고 재미있는 한 마디였다.

그가 인식이네 누나와 건조실 앞에서 도란도란 떠들거나 장난치는 것은 흔히 볼 수 있는 장면이었다. 인식이 누나 앞에서 그는 더욱 거칠게 행동했다. 새끼에다 담뱃잎을 끼우다가 자기 마음에 뭐라도 거슬리면 에이 씨이, 하면서 새끼줄까지 끊어버렸다. 그리고 동강난 새끼줄을 인식이 누나를 향해 집어던졌다. 그러면 그녀가 까르르 웃어대거나 서투른 서울말을 섞어가면서 눈을 흘겼다. 그녀가 하는 말들은 매우 유치한 느낌이었다.

"아이, 아프단 말이야."

"왜 이렇게 막무가내람!"

나는 그녀의 억지스런 서울 억양이 어색하기보다는 재미있었다. 다른 아이들도 그랬는지 어느새 그녀의 말투를 흉내 내는 아이가 하나둘이 아니었다.

물론 그렇다고 해서 현규가 이모와 토라진 것은 분명히 아니었다. 어제 저녁에만 해도 도랑에서 빨래를 하던 이모가 나무를 지고 지나가던 그에게 "나무 했어?" 하고 말을 걸었던 것이다. 내가 보기에 두 사람은 싸웠다기보다는 시들해진 것 같았다. 동네 사람들이 그분이 온다며 흥분한 나머지 두 사람에게서 눈을 떼자 덩달아 흥미가 줄어들었는지도 모르는 일이었다.

나는 대번에 동백나무 때문일 것이라고 생각했다. 이모와 그는 동백나무에 대고 사랑을 맹세하지 않았던가. 그 나무가 이 세상에서 사라지지 않는 한 영원히 사랑하자고 한 지 채 일 년도 되지 않았다. 그런데 백 년이고 이백 년이고 영원할 줄 알았던 나무가 모조리 뽑히고 말 운명에 처했으니 두 사람의 사랑이 어떻게 온전할 수 있겠는가. 나는 이모에게 그것 보라고, 달이나 별에다 대고 맹세했어야 하지 않느냐고 하려다가 그만두었다. 얼핏 생각하기에도 함부로 입 밖에 낼 성질의 말은 아니었다.

'그렇다면 혹시 그 소문 때문일까.'

나도 모르게 그 생각을 했다가 소스라쳐 놀랐다. 자세한 것은 알 수 없지만 어느 날 갑자기 장똘이가 없어진 일만큼이나 끔찍한 일이었다.

누군가 말도 안 되는 거짓말을 퍼뜨리고 있다면 그 까닭은 무엇일까. 얼마 전에 있었던 누드 소동처럼 소문이란 다소 재미난 우스갯거리에 지나지 않는다는 생각이 바뀐 것도 그 일 이후였다. 머릿속에 떠올리는 것만으로도 불쾌하기 짝이 없는 소문이 마을에 은밀히 퍼지고 있다는 것을 니는 알고 있었나. 다름 아닌 이모에 관한 내용이었다.

어느 날 해질 녘에 아이들은 숨바꼭질이 한창이었다. 숨을 곳은 너무 많았다. 나는 놀이에 끼지 않았으므로 아이들이 숨을 만한 곳을 이리저리 찾아다니면서 내 나름대로 술래의 역할을 하고 있었다. 내게 들킨 아이들은 하나같이 험악한 인상을 쓰면서 저리 가라며 윽박질렀다. 숨을 곳으로는 동백나무 숲이 가장 그럴듯했다. 이리저리 두리번거리다가 나는 두 명의 아이가 유령처럼 나뭇잎 속에 숨어 두런두런 떠드는 소리를 들었다. 얼마 귀를 기울이지 않고도 내 이야기라는 것을 눈치 챌 수 있었다. 아니, 정확히 말하면 그것은 이모에 관한 수군거림이었다.

"걔네 이모는 현규 형이랑 절대로 결혼을 할 수가 없대."

"아이라, 그 형이랑 못하는 게 아니라 누구하고도 할 수 없는 거라던데?"

"그래? 왜?"

"아를 낳을 수 없으니까."

"아, 그거 나도 들었어. 아만 낳을 수 없는 게 아니라 시집도 가면 안 된다고 하던데?"

"그 말이 그 말이지. 그런데 너 그 이유가 뭔지 알아?"

"아니."

"시집가면 죽어버리는 병에 걸렸대."

"정말? 무슨 그런 병이 다 있나?"

"그러게 말이라, 되게 웃기지?"

"그래, 웃긴다."

그렇게 한참을 떠들고 난 녀석들은 서로 간지럼을 태우면서 키득거리다가 술래에게 들키고 말았다. 내가 그 옆에 서 있는 것을 뒤늦게 알아보고는 주먹을 흔들면서 욕설을 퍼부었다. 내가 숨은 자리를 가르쳐 준 것이라고 믿는 것 같았다. 나는 넋을 잃은 사람마냥 멍하니 무례한 녀석들이 하는 짓거리를 견디고 있었다.

솔직히 처음에는 조금 어리둥절할 뿐이었다. 이모가 시집을 갈 수 없다는 것도 결혼을 할 수 없는 병에 걸렸다는 것도 남의 일처럼 막연하게만 느껴졌다. 그것은 텔레비전이나 라디오에 나오는 온갖 특이한 일들 가운데 하나일 뿐이었다.

동백나무 가로수 길에 혼자만 남았을 때에는 아이들로부터 너는 여자니까 치마를 입고 단발머리를 하는 게 어울려, 너는 이 동네 사람이 아니지, 하는 식의 별다른 배타성이 느껴지지 않는 지적을 받았을 때처럼 단지 무덤덤하였다. 거기에서 어떤 비난이나 질시보다는 놀라움을 먼저 읽어냈으므로 나의 감정 개입도 한참 뒤에나 일어났던 것이다.

까닭 모르게 눈물이 솟아난 것은 잠이 오지 않아 어둠 속에서 뒤척이고 있는데 이모가 얇은 이불을 접어 내 배 위에 덮어줄 때였다. 이모는 내 배가 자주 설사를 일으키는 이유를 자면서 이불을 덮지 않은 탓이라고 줄기차게 주장해오던 차였다. 나는 울음을 숨기지 못했다. 내 몸은 저절로 들씩거렸고 가쁜 숨을 몰아쉬게 되어 급기야는 이모에게 들키고야 말았다. 나는 모든 것을 사실대로 고백하지는 않았다.

"오늘 밤 꿈에도 낭떠러지가 나올까봐 무서워."

내가 무서워하던 꿈은 낭떠러지만은 아니었다. 허공에서 팽이를 타다가 추락하는 꿈, 두 손을 날개 삼아 하늘을 날다가 아래로 곤두박질하는 꿈, 거머리 가득한 웅덩이에 발을 담그는 것 등, 내 꿈은 늘 위태롭고도 아슬아슬한 모험으로 가득 차 있었다. 이모는 다 이해한다는 듯 내 손을 쥐더니 나를 꽉 껴안아주었다.

"그래? 이렇게 이모 손을 꼭 쥐고 자면 돼. 낭떠러지가 나오면 더욱 거세게 움켜잡는 거야, 이모가 널 지켜줄 거니까, 알았지?"

나는 그날 밤에 이모가 어떤 병에 걸린 것일까 한참 동안 상상했다.

이모가 심장에 이상이 있다는 이야기는 어렴풋이 들은 적이 있었다. 대학 입시에 시달리던 어느 날 학교에서 쓰러졌고 응급조치를 통해 목숨을 구하기는 했으나 그날로 학교를 그만두어야 했다. 이모는 큰 병원에 입원하여 수술을 받은 후 줄곧 하느물에서 지내온 것이다. 겉보기에는 여느 다른 처녀들과 같이 멀쩡했으나 밝은 데서 자세히 보면 양 볼이 지나치게 홍조를 띠고 있고 입술이 짙은 보랏빛인 것이 문제는 문제였다. 그런데 그것이 결혼을 할 수 없을 만큼 심각한 병이라니.

병명은 떠올리려고 하면 할수록 오리무중이고 난데없이 사기와 플라스틱으로 된 인형이 자꾸만 눈앞에 어른거렸다. 인형의 눈은 친할머니를 따라 간 절에서 보았던 장승의 그것처럼 부리부리하고 사나웠으며 가끔씩 불같은 화를 뿜어내는 것처럼 여겨지기도 했다.

9

동백꽃 전설

"저 동백나무는 어쩌다 생겨난 거라?"

"글쎄. 아마도 누군가 일부러 심은 거겠지?"

곧 뽑힌다는 아쉬움 때문이었을까, 아니면 날마다 나무의 운명을 곱씹다 보니 저절로 관심이 생겨난 걸까. 이모에게 지나가는 말로 물었더니 그와 같은 대답이 흘러나와서 나는 깜짝 놀랐다. 물론 평소에 조금 신기하다는 생각을 하기는 했다. 산이나 들에 흔한 것이 나무고 풀이었다. 아무리 희귀한 것이라고 해도 하나를 정해놓고 산에 올라가면 반나절도 되지 않아 그것을 찾을 수 있었다. 심지어는 옻나무와 생강나무도 눈에 띄었다.

그리고 소나무 숲에 있는 쭉쭉 뻗은 나무들. 얼핏 보아도 그것들은 예사롭지 않았다. 사람으로 치면 옷을 잘 차려입은, 어딘지도 모르는 곳에서 놀러 온 귀한 손님들 같았다. 솔잎도 지천으로 널린 소나무들의 그것과는 달랐다. 뭐라고 말할 수 없는 기품이 느껴졌다. 그런 소나무는 그림자도 멋있었다. 하지만 그 소나무들마저도 마음만 먹는다면 얼마든지 찾아낼 수 있었다. 나는 감나무가 있는 본가의 뒷산 텃밭 근처에서 비슷하게 생긴 어린 소나무를 본 적이 있었다. 한눈에도 그것들은 서로가 친척 간인 것 같았다. 어쩌면 나와 우리 가족처럼 원래는 한 식구인데 피치 못할 사정으로 인해 헤어져 사는지도 모르는 일이었다.

그러나 동백나무는 그렇지 않았다. 장터나 우리 집 근방에서 동백나무를 본 적은 없었다. 할머니를 따라 차를 타고 인근에 있는 읍이나 시에 갔을 때에도 마찬가지였다. 길가 어디에서도 동백나무는 눈에 띄지 않았다. 그 나무들은 오로지 하느물에만 있었다.

그런데 그 나무들이 누군가 일부러 심은 것이란 말인가. 놀랍고도 신기한 일이 아닐 수 없었다. 그 사람은 그 많은 동백나무를 어디에서 가져와 왜, 무슨 까닭으로 하느물에다 심었단 말인가. 나는 궁금해서 외할머니에게 물어보았다.

"외할머니, 동백나무를 심은 사람은 누구라요?"

"그건 왜?"

"알고 싶어서요."

"난 잘 모르긴 한데, 듣자 하니 옛날에 아주 잘난 선비였다더라."

"잘난 선비요?"

"그래, 공부도 많이 하고 벼슬도 높았던 어른이란다."

선비는 공부를 많이 한 사람을 두고 하는 말이라는 것을 나는 이미 알고 있었다. 할머니는 증조할아버지도 선비였다고 하면서 사진을 보여준 적이 있었다. 사진 속의 할아버지는 두루마기에다 갓을 쓰고 있었으며 수염이 턱을 덮고 있었다. 그것이 선비의 표시라고 해서 조금 우스웠던 기억이 났다.

"그 사람은 동백나무가 어디서 생겼는데요?"

"그거야, 어디서 생겼겠지."

"그 어디가 도대체 어디라요?"

"이 가시나가 뭘 이래 꼬치꼬치 파물어? 난 잘 몰라."

더 이상 알고 있는 사실이 없었던지 외할머니는 불현듯 화를 내면서 눈을 부릅떴다. 외할머니는 주로 그런 식이었다. 대답하기 곤란하거나 귀찮다고 여겨지면 화를 내면서 내 입을 틀어막으려고 했다. 하지만 나는 그럴수록 더 파고 묻는 성격이었다.

"이 근방에는 동백나무가 없잖아요. 그 선비는 동백나무를 어디서 가져왔을까요?"

"정 궁금하면 뒷집 할아버지한테나 물어봐라."

대답이 궁색해진 외할머니는 난데없이 뒷집 할아버지를 끌어다 붙였지만 대답이 시원치 않기는 마찬가지였다.

"동백이야 옛날부터 죽 있어왔던 거지 뭐라?"

방금 점심을 먹어 노작지근한지 뒷집 할아버지의 눈은 게슴츠레 빛나고 있었다.

"아이라요, 어떤 선비가 남쪽에서 가져온 거라고 하던데요?"

"그런 말이 있기는 하지만…… 그게 사실이라?"

뒷집 할아버지는 당신도 궁금하다는 식으로 눈을 크게 떴다. 나는 어처구니가 없었다. 한 마디로 하느물 사람들은 동백이 어떻게 하다가 이 마을에 들어오게 되었는지에 관해 분명하게 알고 있지 못했다. 자기 마을의 가장 큰 자랑거리에 관해서조차 아는 바가 없다니 나는 하느물 사람들이 한심하게 여겨졌다.

하지만 나는 전혀 예상치도 못했던 사람으로부터 그 이야기를 자세히 들을 수 있었다. 그는 바로 호두나무집 아들인 현규였다. 그런데 그의 말에서는 처음부터 석연치 않은 구석이 있었다. 누가 동백을 가져와 심었느냐는 질문에 그는 뜬금없이 '우리 고씨의 조상'이라고 했다. 자신의 조상이 자객을 따돌리고 하느물에다 동백을 심기까지는 숱한 우여곡절이 있었다고 했다. 자객이 칼잡이라는 것쯤은 만화를 통해 알고 있었다.

"자객의 얼굴에는 흉한 상처 자국이 나 있고 키는 도토리만 했어."

"정말요?"

나는 미심쩍은 나머지 그의 얼굴을 찬찬히 뜯어보았다. 키가 도토리만 하고 얼굴에 흉터 자국이 나 있다면 그건 그의 얼굴이었다. 그의 양 볼과 눈 밑에는 크고 작은 손톱자국이 수도 없이 나 있었다. 그는 어려서 그만큼 극성이었던 모양이다.

"아무려면 내가 어린 너를 데리고 거짓말하겠나?"

그가 전한 내용은 대충 이랬다. 옛날에 착하고 순진한 선비 한 사람이 사악한 이들의 모함으로 먼 남쪽 지방까지 귀양을 갔다. 워낙 중죄인인데다 가난하기까지 한 사람이라 그의 집에는 종은 물론 강아지나 염소 같은 짐승조차 없어서 밤이면 괴괴한 적막감으로 을씨년스러운 느낌이었다. 부엉이는 집 근처까지 날아와 섬뜩하게 울어댔다. 다행이라면 날씨가 따뜻해서 동백이 많이 자랐다는 것이다. 그가 기거하던 집 마당에도 동백나무가 서너 그루 자라고 있었다.

어느 날 밤에 그의 집으로 칼을 든 자객이 숨어들었다. 서울에 사는 정적이 그를 없애라고 칼잡이를 보낸 것이었다. 마당에는 동백이 빨갛게 피어 있었으나 밤이라 눈에 잘 띄지는 않았다. 칼잡이는 조심조심 집 안으로 숨어들었다. 그런데 자신이 미처 칼을 쓰기도 전에 사고가 터진 것 같은 조짐을 느꼈다. 그가 죽여야 할 사람의 마당에는 붉은 피가 사방에 흩뿌려져 있었다. 피의 흔적은 흙 마당은 물론 정원과 심지어는 대문 앞에도 나 있었다. 손도 안 대고 문제를 해결했다고 믿은 그는 재빨리 그곳을 벗어났다.

"에이, 말도 안 돼요. 피하고 동백꽃을 구별하지 못하는 칼잡이가 어디 있어요?"

"그날따라 달빛이 안개처럼 희미했거든."

"나무 위에는 수만 송이의 꽃이 울긋불긋 피어 있었을 텐데요?"

"자객은 땅개처럼 키가 작은데다 눈이 어두워서 나무 위는 쳐다볼 수가 없었단다."

"그래도 말이 안 돼요."

나는 속았다는 생각에 펄펄 뛰었다. 내 상식으로는 피와 꽃을 구별하지 못한다는 게 말이 되지 않았다. 그는 동백꽃은 시들지 않은 채 뚝 떨어져버리는 꽃이라 흙 마당에 져 있는 것만 봐도 느낌이 별스럽다고 했다. 게다가 바람에 아무렇게나 날린 꽃이 땅에서 뒹구는 것을 보면 깜빡 속기 십상이라는 거였다. 그의 이야기는 계속 이어졌다.

이튿날 자객이 다녀갔음을 대강 눈치 챈 선비는 사방에 지천으로 피어 있는 동백꽃이 생명의 은인이라는 생각을 하게 되었다. 마침내 귀양살이가 끝나 서울로 올라갈 날이 다가오자 그는 번민에 빠졌다. 그 동백을 가져가 자기 집 정원에다 두루두루 심었으면 좋겠다는 생각을 한 것이다.

물론 동백을 가져간다는 것은 말처럼 쉬운 일은 아니었다. 욕심을 내자니 구루마가 적어도 다섯 대는 필요할 것 같고 뿌리를 적당한 온도로 유지시키는 일도 만만치가 않았다. 서울은 그곳보다 훨씬 추운 땅인데 그곳에서 동백이 생명을 부지할 수 있을는지도 미지수였다. 만약 그럼에도 불구하고 그 일을 추진한다면 그로서는 난생 처음 분에 넘치는 사치를 부리는 셈이었다. 그 점이 짐짓 마음에 걸렸지만 그는 감행을 하기로 결심했다. 5년생 동백의 나무뿌리를 가마니로 싸서 단단히 동여맨 다음 구루마에 싣고 서울을 향해 출발했다. 그런데 얼마쯤 이동하고 난 뒤에 보니 동백나무 이파리가 누렇게 시들어가고 있었다. 선비는 마음의 평정을 잃었다. 자신의 목숨을 거두어갈 자객이 어디선가 지켜보고 있는 것 같은 느낌을 받았다. 할 수 없이 생면부지의 마을에서 짐을 풀었는데 그곳이 바로 하느물이었다. 그는 며칠 머물면서 동백을 보살피다가 잎이 푸른색을 되찾으면 다시 길을 떠나리라 생각했다. 다행히 하느물은 남쪽 바닷가보다는 덜 따뜻했지만 물도 많고 해도 흔해서 동백 이파리는 이내 제 빛을 되찾았다. 그곳에 머무른 지 꼭 석 달 만이었다. 그런데 그가 재차 길을 나서기 위해 구루마에다 동백나무를 실으려고 할 때였다. 서울에서 낯익은 심부름꾼이 도착해 그의 구루마를 가로막고 나서는 것이었다.

"안 됩니다. 이곳에 계속 숨어 계시라는 전갈입니다."

서울 도성에서는 큰 난리가 났다는 것이었다. 믿을 수 없게도 난리를 일으킨 장본인은 도적이나 무뢰배들이 아니라 왕의 친척이었다. 그가 삼촌뻘인 왕을 끌어내리고 새 임금이 되었다는 것이다. 그로 인해 선비와 가깝게 지냈던 사람들이 잡혀가 모두 죽임을 당하는 것을 보고 그의 가족이 은밀히 사람을 보낸 것이었다. 게다가 그의 서울 집에는 이미 사약이 도착해 있다고 했다. 마당에 멍석을 깔고 작은 상에다 사약을 올려놓은 것을 분명히 확인하고 내려온 길이라며 심부름꾼은 몸을 부르르 떨었다. 선비는 동백과의 기이한 인연에 또 한 번 가슴을 쓸어내리지 않을 수 없었다. 아마도 하느물에서 시간을 지체하지 않았더라면 그 역시 저세상 사람이 되어 있을 터였다. 결국 그는 하느물에다 동백나무를 심고 죽을 때까지 그곳에서 숨어 지냈다.

"그 선비가 바로 누군지 아나?"

그가 말끝에 엉뚱한 질문을 했다. 알 턱이 없었으므로 나는 고개를 가로저었다.

"그 어른이 바로 우리 고씨 가문의 11대조 할아버지시다."

나는 뭐라고 말하기 힘든 곤란함에 난감한 표정을 지었다. 그가 분명히 지어낸 이야기라고 생각했는데 다 듣고 보니 사실일 수도 있겠다는 느낌이 들었다. 특히 동백나무가 신통한 힘을 발휘했다는 대목이 썩 마음에 들었다. 동백나무라면 그러고도 남을 것이다.

게다가 동백의 운명은 나와 닮은 구석이 있는 것 같았다. 서울로 향하다가 중간에서 어이없이 좌절되어버린 것 말이다.

집을 나서기 전의 내 의지는 그 얼마나 굳건했던가. 나는 번번이 다짐했었다. 이번에는 기필코 서울까지 가리라. 엄마 품에 뛰어들며 당당하게 소리치리라. 엄마와 함께 영원히 서울에서 살겠다고. 하지만 하느물 앞 나무다리가 내게는 한계지점이었다. 그 고비를 넘는 게 힘에 부쳤다.

동백도 마찬가지였다. 마치 마법에라도 걸린 듯 고향도 아니고 목적지도 아닌 하느물에 덜컥 발목이 잡히고 만 것이다. 물론 그 덕분에 하느물 사람들은 횡재한 셈이지만.

하지만 훌륭한 조상을 둔 현규가 우러러보인 것은 잠깐이었다. 미심쩍은 구석이 없지 않았던 것이다. 외할머니 말에 의하면 호두나무집 사람들은 하느물에서 대대로 살아온 사람들이 아니었다. 그들이 그곳에 들어온 것은 불과 수십 년 전이었다. 나는 그 점을 따졌다. 그랬더니 그의 대답이 걸작이었다.

"11대 할아버지 이후에는 다시 명예가 회복이 되어 서울로 올라갔단다. 그리고 우리 아버지 대에서 다시 내려온 거라. 아버지가 왜 하느물로 돌아오셨는지 아나?"

"아니요."

"바로 동백을 지키려고 온 거라."

그는 그러고는 주먹을 힘주어 쥐었다. 나도 모르는 사이 내 고개가 끄덕여졌다. 하지만 그의 말을 곧이곧대로 믿은 것은 아니었다. 다음 날 나는 동백에 관한 많은 이야기가 떠돌고 있다는 것을 알았다. 사람마다 하는 이야기가 달랐고 어른이 들려주는 말과 아이들이 담 밑에서 소꿉놀이하면서 떠벌리는 내용이 조금씩 달랐다.

재미있는 것은 선비가 누구냐는 대목에서 아이들이 저마다 자기 조상을 들먹였다는 것이었다. 지조 있고 올곧은 성품을 지녔던 선비는 말하는 아이에 따라 박씨가 되기도 하고 윤씨가 되기도 했으며 또 어느 틈엔가 김씨로 돌변했다. 나 역시 내 성을 따서 이씨라고 말하고 싶은 충동을 느낄 정도였다.

동백을 구루마에 싣고 서울로 올라가는 선비를 자객이 중간에서 죽였다는 이야기도 있었다. 그리고 그 죄책감을 견디지 못한 자객이 선비가 죽은 곳에다 동백을 심었는데 그곳이 바로 하느물이라는 것이다.
듣고 보면 대부분의 이야기가 그럴듯했으므로 나는 어느 것이 사실인
지 판단을 할 수가 없었다.

10

강물 속 흰 바위 밑의 귀신들

점심을 먹은 후에 강으로 나갔더니 서너 명의 아이들이 수영을 하면서 놀고 있었다. 나도 약간 물에 뜨는 게 되던 참이라 대번에 물속으로 뛰어들었다. 하지만 두어 번 팔을 허우적거리자마자 금세 물속으로 가라앉았다. 물을 오지게 들이마신 데다 호흡이 가빠져 얼른 얕은 곳으로 나왔다. 그러고는 창피한 나머지 아이들을 둘러보았다. 다행히 아무도 나에게 신경을 쓰고 있지는 않았다.

그럴 때마다 이까짓 수영, 하면서 포기해버리고 싶은 마음이 들지 않는 것은 아니었다. 어차피 나는 머지않아 서울에서 살 사람이었다. 그곳으로 가기만 하면 하느물 같은 촌동네는 금세 잊게 마련이었다.

그러니 수영 따위가 뭐 그리 중요하겠는가.

하지만 그것은 순간적인 감정일 뿐이었다. 하느물 사람이 아니라는 생각을 하면서도 나는 어느새 그곳을 좋아하고 있었다. 동백이며 소나무 숲이며 심지어는 강변에서 노는 아이들까지도. 다만 내가 가끔 그런 식으로 자기 위안거리를 갈구하는 데에는 하느물 아이들에 대한 부러운 감정이 내포되어 있었다. 내 눈에는 수영하는 아이들이 하늘을 나는 독수리처럼 자유롭고 힘이 넘쳐 보였다. 물속에서 버티는 그 실력이야말로 찬란하고 신비로운 날개와 맞먹는 것이었다. 나에게는 그런 게 없었다.

사실 다른 아이들의 수영 실력이 특별하다고 볼 수는 없었다. 타고날 때부터 헤엄을 잘 치는 아이는 없는 법이다. 다만 배우고 터득할 뿐이었다.

아이들은 주로 언니나 오빠들을 통해 수영을 배웠다. 하지만 나는 혼자인데다 타동네붙이였다. 이모가 내게 수영을 가르치기 위해 아이들 틈에 끼어들 수는 없는 노릇이었다. 나는 물속에서도 혼자라는 사실을 그렇듯 뼈저리게 자각해야만 했다.

그런데 나 못지않게 외로운 아이들 중에서도 기가 막히게 수영을 잘하는 아이가 있었다. 나는 무엇보다 그 아이들을 유심히 살폈다.

윤보라는 아이는 숨도 안 차는지 잠수를 한 채 강 이 편에서 저 편을 돌아오는 중이었다. 나는 질리는 느낌이 들어 입만 딱 벌리고 서 있다가 그 아이가 강가로 나오자 주춤거리며 다가가 물었다.

"넌 물속이 안 무섭나?"

녀석은 거리낌 없이 고개를 끄덕였다. 목에 긴 때가 햇빛을 받아 기름 먹은 쇠처럼 반들반들 윤이 났다. 하기는 평소에 상여집도 무서워하지 않던 녀석이었다. 윤보는 언젠가 이런 말을 한 적이 있었다.

"상여집 처마에는 제비가 집을 짓고 새끼를 쳐. 무서운 귀신이 나오는데 제비가 어떻게 새끼를 치고 살겠나?"

나는 상여집 가까이 가본 적이 많지 않아서 제비가 새끼를 쳤는지 꿀벌이 집을 지었는지 알지 못했지만 비 오기 전에 논바닥에 닿을락 말락 낮게 날다가 빨려 들어가듯 상여집 안으로 사라진 제비를 두어 번 본 적이 있었으므로 마땅히 반박할 말을 찾지 못했다. 한참 생각한 후에 나는 겨우 "그 제비들은 미쳤거나 바보라서 그래"라고 말할 수 있었다. 내 눈에는 윤보가 정상이 아닌 것 같았다. 상여집에 죽은 두섭이 엄마 귀신이 가끔 들른다는 것은 모두가 아는 사실이 아닌가. 녀석이 다시 물속으로 사라질 태세여서 나는 붙잡듯이 빠른 음성으로 소리쳤다.

"물속이 깜깜한데도?"

"내가 무서운 건 어두운 밤에 텅 비어버린 우리 집이라."

윤보는 갑자기 슬픈 얼굴이 되어 도망치듯 물속으로 사라졌다. 그 아이는 엄마와 할머니와 세 식구가 살았는데 엄마는 먼 곳까지 명주 장사를 다녔다. 보따리를 이고 엉덩이를 씰룩거리면서 한 번 집을 나서면 한 달이 지나서야 돌아오곤 했다. 윤보는 늙어서 눈멀고 귀가 어두운 할머니를 있어도 없는 사람 취급했다. 할머니가 있는 집은 빈집이나 다름없고 빈집이나 다름없는 집이 싫어 물속으로 숨는다는 것이었다. 나는 윤보를 이해할 수 있을 것 같았다. 빈집에서 밤을 보내는 것은 생각만 해도 끔찍했다.

미순이도 내 관심의 대상이었다. 그 애의 언니 미정이는 오 년 전에 처녀의 몸으로 강물에 뛰어들어 죽었다. 서울에서 공장에 다니다가 내려와 느닷없이 저지른 일이었다. 사람들은 미정이 언니가 죽을 자리를 찾아 서울에서 내려온 모양이라며 수군댔다.

"넌 물속에서 왜 그렇게 오래 버티나?"

내 질문에 미순이는 대답하지 않았다. 그런 질문을 하는 내가 우습다는 식으로 콧방귀만 뀌어댔다. 나는 꿈에서 팽이를 타고 미순이네 집으로 가 생각을 전해들을 수 있었다. 그 애는 엄마 같았던 언니를 만나러 물속으로 들어간다는 것이었다. 언니가 물속에서 그 애를 기다리고 있다고 했다. 꿈인데도 내 팔뚝에는 오돌토돌 소름이 돋아났다. 그 후로 깊이를 알 수 없는 물속이 더욱 무섭고 으스스하게 느껴졌다. 그 때문에 미순이가 물에서 놀다 나온 뒤에는 가까이 다가가는 게 두려워 늘 멀리서만 그 애를 훔쳐봤다.

그 즈음 나는 물속 바위 가까이 접근해보는 게 소원이었다. 하지만 개헤엄도 안 되는 내 실력으로는 턱도 없는 일이었다. 꿈에서라도 바위 가까이 접근하기를 바랐지만 그 또한 쉬운 일은 아니었다. 늘 그렇듯이 꿈은 마음대로 되는 게 아니었다.

　그런데 아이들의 이야기에는 공통점이 있었다. 물속 어디까지 다녀오느냐는 질문에 한결같이 '바위'라고 대답했던 것이다. 물속으로 한참을 헤엄쳐 들어가면 칠흑같이 어두운 바위가 나타나는데 가끔씩 조용하고 시커먼 물속이 갑자기 불을 켠 듯 환해진다는 것이었다. 갖가지 소리가 들려오는 것은 바로 그때였다. 아이들은 거기에다 결정적인 한 마디를 덧붙여 나를 놀라게 했다. 인식이가 말했다.

　"그런데 그 안이 지금 텅텅 비어 있다."

　"그게 무슨 소리나?"

　나는 황홀한 눈으로 인식이를 쳐다보았다. 물속 바위 근처에 다녀왔다는 것만 해도 입이 벌어질 지경인데 그 안까지 세세히 살폈다니, 나는 싸움터에서 막 금의환향한 꼬마 장군을 대하는 심정으로 인식이를 바라보았다. 그런데 그 애가 털어놓은 다음 이야기는 더욱 흥미진진한 것이었다.

　"불이 켜지면 사람들이 떠드는 소리가 들려왔는데 이제는 아무 소리도 들리지 않아."

　"왜?"

　"왜는 왜겠나? 모두들 동백나무 밑으로 구렁이를 구하러 간 거지."

　"구렁이?"

　나는 하마터면 기절을 할 뻔했다. 물속 바위 안에 사람이 산다는 것만 해도 정신을 차리기가 힘들 지경인데 그 사람들이 동백나무 밑으로 우르르 몰려갔다? 그것도 구렁이를 구하겠다고? 너무 큰 충격을 받은

나머지 내 턱이 덜덜거리며 울었다. 나는 꺼림칙한 느낌을 견디기 힘
들어 서 있던 자리에서 자꾸만 뒤를 돌아보았다.

　내가 제일 싫어하고 무서워하는 것이 뱀이었다. 어떤 의미에서 그
것은 귀신보다 더 끔찍하고 징그러운 대상이었다. 나는 가늘고 긴 그
것이 꼬불거리며 논둑으로 기어가는 것을 구경한 이후 며칠간은 잠을
제대로 자지 못했다. 내가 풀숲을 지나치게 경계하게 된 것도 모두 뱀
에 대한 두려움이 작용한 탓이었다. 요즘에는 지렁이만 봐도 멈칫 놀
라서 가슴이 콩닥거리며 뛰었다. 다행히 구렁이는 본 적이 없지만 요
사스럽고 영악한 짐승이라는 것은 들어서 익히 알고 있었다. 그 거대
한 몸집에 휘감기면 도저히 빠져나올 수 없다고 했다. 그런데 동백나
무 밑에 그 구렁이들이 살고 있단 말인가. 앞으로는 동백나무까지 경
계해야 한다는 생각에 나는 소름이 끼쳤다. 내가 진저리를 치며 무서
워하는 기색을 보이는데도 인식이는 신이 나서 떠들어댔다.

　"동백을 뽑고 나만 그 밑에서 시커먼 구렁이가 나올 거라는 말도 아
직 못 들어봤나?"

　"그게 참말이나?"

　"참말이지. 천년만년 묵은 능구렁이가 동백나무 밑에 숨어 있다."

　"능구렁이가 왜 그게 숨어 있나?"

　"나무를 지키려고 하는 거라. 누구든 동백나무한테 해코지를 하려
고 하면 구렁이가 나서서 막아준다 하더라."

　"그렇다면 구렁이는 좋은 편이네."

내 입에서는 불쑥 그런 말이 튀어나왔다. 정말 그런 것 같았다. 구렁이가 징그럽고 혐오스러운 건 사실이지만 그것을 무기 삼아 동백나무를 지켜준다면 그보다 좋은 일은 없을 것 같았다. 물론 구렁이가 뱀이라는 것은 여전히 마음에 걸렸지만.

"그 많은 동백을 지킬라만 구렁이도 엄청나게 많겠네?"

"두말하면 잔소리지. 동백나무 중에도 더 많은 꽃을 피우는 대장 나무가 있듯이 구렁이 중에서도 유달리 힘이 센 대장이 있다더라. 그 대장이 호령하면서 구렁이를 지휘한단다."

"우와!"

내 입이 저절로 딱 벌어졌다. 일사분란하게 움직이는 수많은 구렁이 떼를 상상하자 숨을 쉬는 게 힘들 정도였다. 꿈에 나타날까봐 두려워 나는 세차게 도리질을 쳤다. 아무리 동백을 지키는 그럴듯한 임무를 지녔다고 하더라도 뱀은 여전히 징그러웠다. 더구나 떼로 몰려다니는 뱀이라니, 다시는 떠올리고 싶지 않았다.

"이제 나무가 뽑히게 되만 구렁이도 죽고 말 거라. 물속 바위에 살던 귀신들이 모두 구렁이를 구하러 갔는지 안이 텅텅 비었더라니까."

"귀신들이 어째서 구렁이를 구할라고 하나?"

나는 어안이 벙벙했다. 그렇다면 구렁이가 위기에 처했다는 뜻이 아닌가. 구렁이가 죽을 수 있다는 생각만 해도 속이 다 시원했지만 그렇다고 그것이 전부는 아니었다. 평소에는 숨어 있다가 틈만 나면 살아나 분란을 일으키는 내 안의 고약한 심보처럼 왠지 모를 허전함도 분명한 내 마음이었다. 게다가 구렁이와 동백나무는 두섭이와 엄마 귀신과의 사이하고도 달랐다. 두섭이 엄마라면 자기가 낳은 자식을 당연히 구하려고 하겠지만 생판 아무런 사이도 아닌 귀신들이 어째서 사람도 아닌 구렁이를 구하겠다며 그토록 설치는 것일까. 내 궁금증과는 달리 아이들의 대답은 명쾌했다.

"그거야 뻔하지. 능구렁이가 하느물의 수호신이니까 그렇지. 나무가 뽑혀서 동네가 망하만 구렁이도 죽고 귀신들도 끝장일걸."

"그러게 귀신들이 우째서 끝장인데?"

"너 바보나, 그것도 모르고? 동네에 사람들이 안 사는데 귀신들은 어디 가서 밥을 얻어먹나? 귀신도 밥을 먹어야 사는 거잖아."

인식이를 위시한 아이들은 내가 한심하다는 식이었다. 나는 욱질린 나머지 아무 말도 못한 채 먹먹한 기분으로 아이들을 둘러보았다. 무언가를 더 물어보아야겠다고 생각했지만 혀가 굳어버린 느낌이었다. 나는 그 아이가 알아서 무슨 말이든 더 해주기를 바랐다. 하지만 녀석은 더 이상 아무 말도 않은 채 가만히 있었다. 다른 아이들은 모두 충분히 이해했다는 듯 고개를 끄덕였다. 너나없이 한 번쯤은 들었던 말인 듯싶었다. 하기는 제사를 지낼 때는 물론 들에서 밥을 먹을 때에도 사람들은 귀신을 생각했다. 귀신에게 먹을 것을 먼저 던져 준 다음에 숟가락을 놀렸던 것이다. 생각이 거기에 이르자 나 역시 조금은 고개가 끄덕여졌다. 하지만 정체를 알 길 없는 두려움이 모두 사라진 것은 아니었다.

잠시 후에 나는 억누르려고 해도 도저히 참아지지 않는 웃음이 아이들의 입가에서 아지랑이처럼 토실토실 피어오르는 것을 무력하고 처참한 기분으로 지켜보아야 했다. 의도했던 바가 웃음으로 들통 나자 아이들은 마음 놓고 낄낄거리기 시작했다. 나에게 손가락질을 하며 눈물을 흘리는 아이도 있었다.

이것들이 나를 바보 취급하고 놀리는구나.

비로소 그런 생각이 들었다. 헤엄칠 줄도 모르고, 벌벌 떨면서 나무다리를 건너는 겁쟁이. 모두 그렇게 비웃는 것 같았다. 나는 입술을 깨물었다. 울음을 참기 위해서였다. 그때였다.

"그래도 동백나무 밑에 구렁이가 산다는 건 진짜라."

갑작스레 다가와 끼어든 것은 뜻밖에도 두섭이였다. 손에는 나뭇잎 대신 찐 감자가 들려져 있었다. 나는 몸을 움츠렸다. 녀석은 평소와는 달리 자신감 있는 목소리로 소리쳤다.

"옛날에 동백나무를 심었던 선비가 죽어서 구렁이가 된 거라."

녀석은 그렇게 말하면서 자꾸만 나를 힐끔거렸다. 마치 나를 향해 말하고 있는 듯해서 적지 않게 당혹스러웠다.

"아이라."

그러자 뒤이어 나타난 이장 집 아이 덕수가 앞으로 나서면서 웃기지 말라는 듯 어깃장을 놓았다. 덕수는 길에다 세워놓고 온 오토바이가 못미더운 듯 자꾸만 그쪽을 쳐다보았다.

"말도 안 된다."

덕수는 불량스럽게 나를 힐끗 쳐다보았다. 아마도 두섭이가 내 편을 들기 위해 끼어든 것이라고 믿는 것 같았다. 덕수는 역시 뭘 모르고 있는 것이다. 녀석은 머리가 아둔한 구석이 있었다. 두섭이의 죽은 엄마는 동백을 유난히 좋아했다. 그 아래서 잠을 자고 아침을 맞았다. 여자가 봄만 되면 굳이 하느물에 나타난 이유가 무엇이겠는가. 그러니 두섭이에게 동백은 특별한 의미가 있을 수밖에 없었다. 그런데 겨우 내 편을 들기 위해 끼어든 것이라고 생각하다니. 덕수의 덩치가 유난히 큰 탓인지 두섭이가 찔끔 놀라며 뒤로 물러났다. 덕수는 필요 이상으로 버럭 고함을 질렀다.

"구렁이는 동백나무를 심기 전부터 이 마을에 있었다고 하더라."

"아이라, 구렁이는 죽은 선비라고 하던데?"

"야, 새끼 이거 막 우기네. 구렁이는 이 마을의 수호신이라. 사람보다 먼저 하느물에 들어와 자리를 잡아놓은 다음 마음 좋은 아저씨 아줌마를 차례차례 불러들인 거라고. 그 선비가 이 마을에 살라고 했지만 구렁이가 찬성하지 않아서 살 수가 없었던 거라."

"아닌데……. 선비가 살겠다는 걸 구렁이가 왜 반대하나?"

"그거야 선비가 사실은 좋은 사람이 아니었으니까 그렇지."

두섭이는 미심쩍은 듯 덕수를 노려보았다. 전에는 없던 일이었다. 게다가 녀석은 눈에다 나뭇잎을 대고 있지도 않은 상태였다. 그렇다면 이유는 뻔했다. 두섭이는 동백과 관련된 것들이 모욕당하는 게 언짢은 것이다. 그런데 덕수의 다음 말은 더욱 황당했다. 나 역시 받아들일 수 없는 내용이었다.

"알고 보만 선비는 나라에 반역을 하려던 사람이다."

"반역이라고?"

이게 웬 천둥 벼락 같은 말이란 말인가. 그런 말은 여태 들어본 적도 없었다. 하느물 사람들이 하나같이 조상처럼 떠받드는 선비가 어떻게 나라에 역적질을 한 사람이라는 것일까. 아이들 모두가 펄쩍 뛰면서 반발심을 드러냈다. 두섭이 역시 새파래져서 고개를 세차게 가로젓고 있었다.

덕수 말로는 선비가 하느물에 살고 싶어 했지만 그러지 못했다고 한다. 구렁이가 승낙하지 않았다는 거였다. 그는 서울로 돌아가다가 자객의 칼에 맞아 죽었다. 자객은 그를 죽인 죄책감에서라 아니라 살인을 했다는 자괴감 때문에 괴로워하다가 하느물에 동백나무를 심은 후에야 괴로움에서 벗어났다. 누가 하느물에 동백나무를 심었는지에 대한 덕수의 의견은 그랬다. 하지만 반역이라니, 나는 도리질을 쳤다.

"와, 말도 안 돼. 그 선비는 바른말 하다가 억울하게 귀양살이를 한 거라고. 너도 지난번에는 그렇게 말했잖아?"

"그때는 나도 지대로 몰랐던 거고……. 분명한 것은 선비가 억울하게 귀양살이를 한 거는 아이라는 거라. 그는 반역을 통해 나라를 뒤집어엎으려던 사람이라. 그러니까 사약을 받았던 거지. 사약은 아무나 내리는 게 아이라, 오직 임금님만이 할 수 있는 일이다. 그런 점에서 선비의 귀양살이는 어느 모로 보나 당연했던 것이라."

"순 거짓말이라."

나는 악을 쓰듯이 바락 소리를 질렀다. 아이들도 흥분하며 이구동성으로 부정하며 반발심을 드러냈으나 정작 덕수 자신은 차분했다. 땅에다 침을 찍 뱉고 나서는 고무신 뒤축으로 천천히 그것을 짓뭉개는 폼이 꽤나 자신만만해 보였다.

덕수의 기세에 수꿀해진 아이들은 이내 의기소침해졌고 응원이라도 청하듯 서로를 둘러보았다. 하지만 선뜻 앞으로 나설 만큼 확신을 가진 아이는 없었다. 사실 대부분의 아이들은 누구 말이 맞는지를 별로 중요시하지 않았다. 그저 이야기가 재미있고 그럴듯하면 그만이었다. 그건 덕수도 마찬가지인 것 같았다.

11

두섭이의 횡설수설

티격태격하던 아이들이 하나 둘 물속으로 흩어졌는데도 두섭이는 바위에 가만히 앉아 있었다. 입이 조금 튀어나온 것 같았다. 아이들은 다 털어버리고 물속으로 들어갔는데 녀석은 아직도 동백을 심은 이가 누구냐는 것에서 벗어나지 못하고 있는 것이다. 나는 녀석과는 멀찍이 떨어진 곳에 서 있었다. 그때 녀석이 엉뚱한 이야기를 꺼냈다.

"구렁이는 엄청나게 크다고 하던데."

두섭이는 혼잣말하듯 중얼거리고는 뒷머리를 긁적였다. 노란 머리카락 사이로 보이는 속살이 조금 하얘서 나는 얼른 고개를 돌렸다. 못 볼 것을 보고 난 기분이었다. 사실 나는 궁금한 게 없지는 않았다. 하지만 어떻게, 무엇을 물어보아야 할지 난감하던 차였다. 게다가 아이들이 자꾸만 번잡스럽게 오가고 있어 신경이 쓰였다. 나는 두섭이와 이야기 나누는 모습을 누구에게도 보이고 싶지 않았다. 잠시 후에 아이들이 정신없는 때를 틈타 나는 겨우 입을 떼었다.

"너도 물속 흰 바위 앞에 가봤나?"

"그래. 그건 왜 묻나?"

"정말 그 안에서 사람 말소리가 들렸는가 궁금해서."

"사람 말소리도 들리고 염소가 메애애, 하는 소리도 들리더라."

"염소? 염소가 우는 소리를 들었단 말이라?"

"그래, 분명히 염소 울음소리였다."

순간 숨이 막히는 것 같은 흥분을 느꼈다. 뒷집 할아버지네 염소가 울면서 집 안으로 들어오는 장면이 상상되었다. 그 염소는 작년 봄에 비참하게 삶을 마쳤다. 산에서 뛰어 내려온 멧돼지가 뒷다리를 문 이후 맥을 놓고 앓아누운 지 닷새 만이었다. 새끼는 물론 남편까지 거느린 암컷이었다. 멧돼지는 염소에게 상처를 낸 뒤 피 맛만 보고는 두섭이네 집을 돌아 산속으로 도망쳤다. 염소를 먹은 것은 동네 사람들이었다. 이후 사람들은 염소를 산속에다 방목하지 않았다. 나는 다급하게 소리쳤다.

"정말? 그, 그럼, 닭 우는 소리는, 혹시 닭 우는 소리는 안 들렸나?"

"글쎄, 그런 소리는 못 들은 것 같은데."

"그래?"

힘이 빠진 나머지 말소리가 나도 모르는 사이에 안으로 기어들어갔다. 두섭이는 그런 나를 힐끗 쳐다보더니 골똘히 무언가를 생각하는 듯했다. 녀석은 내가 장똘이를 염두에 두고 있음을 눈치 채고 있는 것 같았다.

"아무래도 그게서는 닭 우는 소리는 안 들릴 거라."

"우째서?"

"해가 뜨지도 않고 내내 깜깜하기만 한데 닭은 울어서 뭐하겠나? 닭이 살더라도 그게서는 울 필요가 없을 거라, 안 그래?"

"하긴……"

나는 고개를 끄덕였다. 해도 없는 곳에서 살고 있을 장똘이의 처지를 되새길 여력은 없었다. 내 기분은 그리 나쁘지 않았다. 어디서든 장똘이가 살고 있다는 말이 적지 않게 위로가 되었다. 두섭이가 조금 머뭇거리더니 내 눈치를 보면서 말했다.

"구렁이는 그동안 힘이 더 세졌을 거라."

그러고는 동의라도 구하듯 내 얼굴을 뚫어지게 쳐다보았다. 나는 이번에는 아무런 대꾸도 하지 않았다. 구렁이가 힘이 셀 것이라는 것을 굳이 강조할 필요는 없다고 생각한 것이다. 그런데 두섭이는 그게 아닌 모양이었다. 자꾸만 내 표정을 기웃거리더니 그래도 반응을 보이지 않자 무엇엔가 안달난 사람처럼 안절부절못하는 것이었다. 돌을 집어서 아무데나 던지다가 나를 힐끔거리기를 서너 차례나 반복하였다. 잠시 후에는 녀석의 입에서 황당하기 짝이 없는 말이 튀어나왔다.

"구렁이는 뱀이기도 하고 사람이기도 하고 또 닭이기도 하다."

"그게 무슨 말이나?"

"말 그대로다. 구렁이는 뱀이지만 사람도 되고 닭도 된다."

"우째서?"

"구렁이는 죽은 선비이기도 하지만 닭이기도 하니까."

그러고 나더니 녀석은 갑자기 벌떡 몸을 일으켰다. 도망갈 태세라는 것을 알아차리기는 했지만 나는 뜨악한 심정이었다. 아이들이 쳐다보는 것도 아니어서 나는 화가 나지 않았다.

"구렁이가 선비라는 것은 알겠는데 우째서 닭도 되는데?"

방심해 있던 나는 대답을 하든 말든 상관하지 않을 심산이었다. 녀석이 가버리더라도 아쉬울 것이 없었다. 그런데 우연히 돌아보았더니 녀석은 똥 마려운 강아지처럼 우왕좌왕 난리였다. 반쯤 익은 붉은 양미간에서는 땀이 비 오듯 흘러내렸다. 나는 못 볼 것을 본 사람처럼 얼른 고개를 돌렸다. 그때였다.

"바보, 너는 바보라."

"뭐라고?"

나는 기가 막혀서 눈살을 찌푸렸다. 두섭이한테 그런 말을 듣다니 정말 어이가 없었다. 적반하장이라는 생각이 들었다. 녀석은 뭐라고 손짓을 하려다가 답답한 듯 탁 손을 놓아버리더니 이번에는 난데없이 제 머리통을 후려치기 시작했다.

“바보, 바보, 바보.”

그제야 나는 퍼뜩 이상하다는 생각을 했다. 불길한 느낌이 서늘하게 가슴을 훑고 지나갔다. 나는 순간적으로 두섭이가 한 말을 되새겨 보았다. 그러자 무언가 덜컥 걸리는 게 있었다. 더구나 녀석은 할 말이라도 있는 사람처럼 요 며칠간 계속해서 내 뒤를 밟지 않았는가. 나는 벌떡 몸을 일으키면서 재빨리 물었다.

“구렁이가 우째서 닭이 되기도 하는데?”

“구, 구렁이는…….”

“어휴, 답답해, 구렁이가 뭐?”

“구, 구렁이는 장똘이도 된다.”

“뭐? 자, 장똘이?”

“너들 장똘이는 동백나무 밑에 파묻혔다.”

“뭐라고? 지난번에는 소나무 숲에 묻혔다고 했잖아.”

“내가 나뭇잎으로 가만히 보니까 소나무 숲이 아이라 동백나무더라.”

“뭐라고?”

나는 하마터면 그 자리에 풀썩 주저앉을 뻔했다. 가슴에서는 턱, 소리를 내면서 쇠줄 같은 게 끊어진 느낌이었고 다리의 힘은 다 빠져나가 서 있기조차 힘들었다. 말을 마친 두섭이는 비틀비틀 자갈밭을 뛰어 저만치로 도망가버렸다. 나는 멍하니 그런 두섭이를 쳐다보고 서 있었다. 가파른 둑길을 오르고 난 녀석이 입에 나팔을 만들어 소리쳤다.

"동백나무가 없어지만 장똘이가 되게 싫어할 거라."

12

동백나무의 국적

며칠 후였다. 해가 넘어가고 어슴푸레해질 무렵, 이장이 집으로 찾아왔다.

"이것 좀 읽어보세요."

그기 내민 것은 4페이지에 불과한, 선체가 한 장으로 되어 있는 신문이었다. 맨 앞 장에는 커다랗게 '군민의 소리'라고 적혀 있었다. 외할머니가 그것을 확인하고도 뭐냐고 물은 것은 아마도 난데없이 왜 신문을 가져다주느냐는 뜻이었을 것이다. 이장이 머리를 긁적이면서 더듬더듬 설명했다.

"군에서 이렇게 나누어주라고 해서요. 이렇게 한 번 읽어 보시만 알 거라요."

아닌 게 아니라 이장은 아직 채 돌리지 못한 신문 뭉치를 한 아름 안고 있었다.

"그럼 하나만 더 주게."

"모자랄 텐데……."

그렇게 말하면서도 이장은 손에 침을 묻히더니 한 부를 더 내려놓고 갔다. 고개를 갸웃거리며 받아들기는 했지만 외할머니가 신문을 읽을 리는 만무했다. 외할머니는 한글보다는 일어를 더 많이 아는 편이었다. 그럼에도 불구하고 난데없이 욕심까지 드러낸 것은 외할머니가 종이로 생긴 것은 뭐든 싫어하지 않기 때문이었다.

신문지는 여러모로 유용하게 쓰였다. 대부분의 시골집 벽은 거친 황토로 되어 있었으므로 신문으로 애벌도배를 한 다음에 제대로 된 것을 바르곤 했다. 누에 같은 것을 치다가 벽지에 흠이 생기거나 구멍이 나면 그것으로 때울 때가 많았다. 실제로 안방이나 사랑방에는 신문으로 기운 자국이 여러 군데여서 나는 틈만 나면 비스듬히 드러누워 그것들을 읽곤 했다. 골방이나 뒤주, 혹은 잘 사용하지 않는 아랫방은 신문으로 애벌도배만 하고 벽지는 따로 바르지 않았다. 주로 그런 방은 물건으로 가득 차 있게 마련이어서 전부 다 읽어보지는 않았지만 꽤 오래 된 신문도 있다는 것을 나는 알고 있었다.

나는 불빛 가까이에 신문을 대고 읽었다. 첫 페이지와 두 번째 페이지는 온통 새마을운동에 관한 내용이었다. 다리 공사를 하는 모습과

농지 정리가 이루어진 땅에서 벼가 자라는 풍경이 커다란 사진으로 실려 있었다.

재미있는 내용도 있었다. 무릉군 사하면이라는 곳에서는 한 집에서 개와 염소가 한 날 한 시에 나란히 새끼를 낳는 진풍경이 벌어졌다는 소식이었다. 게다가 새끼 수도 한두 마리가 아니었다. 개는 아홉 마리, 염소는 세 마리나 되었다. 특히 염소가 한꺼번에 세 마리나 되는 새끼를 낳는 경우는 희귀한 일이라고 했다. 신문에서는 태평성대를 상징하는 사건이라고 했다. 하지만 나는 무척 아쉬웠다. 개와 염소를 찍은 사진은 실려 있지 않았던 것이다.

그분의 사진도 나와 있었다. 그는 농부 모자에 작업복을 입고 논에서 피를 뽑다가 허리를 편 채 화려하게 웃고 있었다. 그가 곧 고향을 방문할 거라는 말은 적혀 있지 않았다. 하지만 사진을 찍은 곳 역시 지방이었으니 언제든 그가 올 수 있다는 짐작을 가능하게 했다.

3페이지를 보다가 나는 그만 깜짝 놀라고 말았다. 기사의 분량이 많지는 않았지만 믿어지지 않게도 거기에는 하느물 이야기가 나와 있었다. 그것도 동백나무에 관한 것이었다.

기사의 제목은 다음과 같았다.

일본 관리가 심은 하느물의 동백나무,
과연 이대로 두어도 좋은가?

제목만 읽었는데도 왠지 느낌이 좋지 않았다. 일본 관리가 심은 동백나무라고? 금시초문이었다. 귀신이 눈 밟고 지나가는 소리가 아닐 수 없었다. 게다가 이대로 두어도 좋으냐고 하는 것은 숫제 해코지를 염두에 둔 말이 아니던가. 군에서 나온 〈군민의 소리〉에서 어떻게 이런 말도 안 되는 소리를 늘어놓을 수가 있는 걸까. 나는 다급한 목소리로 부엌에서 설거지하고 있는 이모를 불렀다.

"하느물 동백이 신문에 나왔다."

"정말이나?"

기사 내용이 얼마나 중대한지를 알 리 없는 이모는 부엌에서 건성으로 대답했다. 나는 이모와 외할머니가 들을 수 있게끔 큰 소리로 기사 내용을 읽기 시작했다.

그동안 무릉군의 자랑거리로 알려져온 하느물의 동백나무가 실은 일제시대 때 일본인 관리가 고향에 대한 그리움을 달래기 위해 심은 것으로 드러나 파문을 일으키고 있다.

한국대학교 식물학과 염모 교수에 따르면 지금까지 알려진 내용과는 달리 하느물의 동백나무는 순수한 대한민국산이 아니라 일본산일 가능성이 높다고 했다. 한일합방 전후하여 한 일본인이 고향에서 동백나무 20그루를 배로 직접 실어와 하느물에다 심었다는 것이다. 수십 년 후, 제2차 세계대전이 끝나고 한국이 해방되면서 그 일본인은 가족들만 데리고 급히 귀향해버렸으므로 그동안은 무릉군과 하느물 사람들이 대신 관리해왔다.

　동백이 일본산이나 한국산이나 다 한 가지라지만 그래도 일본에서 가져
온 것을 우리 것이라고 우길 수는 없다. 일본산 동백을 관리하느라고 우리
군민들이 피땀을 흘려야 한다면 그 또한 심각한 문제가 아닐 수 없다. 염 교
수는 지금이라도 민족정기를 바로잡는다는 의미에서 하느물에서 자라고 있
는 일본산 동백나무를 어떻게 할 것인지 심각히 재고해보아야 한다는 견해
를 밝혔다.

　"이모야, 재고가 무슨 뜻이냐?"

　신문을 다 읽고 나니 마음은 더욱 불안해졌다. 마치 우리 집으로
나쁜 사람들이 몽둥이를 들고 쳐들어온다는 불길한 소식을 들은 것
같았다. 나는 신문을 들고 아예 부엌으로 들어갔다. 이모는 짚수세
미로 솥을 씻다가 잠깐 뒤를 돌아다보았으나 여전히 사태 파악을 하
지 못한 눈치였다. 나는 안달이 나서 신문에 실린 것 중에서 중요한
내용이라고 짐작되는 것을 다시 한 번 큰 소리로 읽었다. 이모는 조
금 듣다가 말고 갑자기 신문을 빼앗아 들더니 빠르게 읽어 내려갔
다. 다 읽고 난 뒤에도 신문에서 눈을 떼지 못했다. 하지만 잠시 후
에는 무시하듯 콧방귀를 크게 뀌는가 싶더니 분한 표정으로 발을 동
동 굴렀다.

　"말도 안 된다. 동백나무를 어떻게 일본에서 여까지 가져온단 말이
라?"

　"그렇지? 말도 안 되지? 그런데 신문에는 왜 이런 내용이 적혔을

까?"

"그거야, 뭔가 착오가 있는 거지. 아니면 사람들을 속일 생각이거나."

"속이다니, 왜."

"빤한 거 아이겠나? 어떻게든 동백을 뽑고 플라타너스를 심겠다는 배짱이지."

재고한다는 말은 동백을 뽑아야 한다는 말이라고 했다. 이모는 신경질적인 동작으로 그분의 사진이 실린 신문을 구겨서 둘둘 만 다음 아궁이 속으로 집어넣었다. 하지만 화기가 거의 남아 있지 않은 탓인지 신문에는 불이 붙지 않았다. 재고해야 한다는 게 천부당만부당하기는 하지만 나는 얼른 신문을 꺼내 부엌 밖으로 가지고 나왔다. 그분의 사진을 태우는 게 불경스럽다고 여겨서는 아니었다. 이런 말도 안 되는 기사야말로 태우지 않고 간직할 필요가 있었다. 무턱대고 증거를 없애기만 한다면 나중에는 따질 수도 없어지는 것이다. 게다가 나는 덕수 같은 아이들이 이 문제에 대해 과연 뭐라고 할지 궁금했다.

다음 날 나는 일찌감치 강변으로 나갔다. 잠시 후에 아이들이 하나둘 모여들고 자연스럽게 신문 내용이 입에 오르내렸다. 짐작한 대로 이장 아들 덕수의 설명은 불순한 모함으로 가득 차 있었다.

"이제는 하느물에 있는 동백나무를 다 뽑을 수밖에 없단다. 대통령하고 동백나무는 아무래도 원수지간인 것 같더라. 어쩌면 전생에 나쁜 인연을 맺었는지도 모른다고 하더라. 그렇지 않고서야 동백꽃 들어간 노래도 없애고 나무도 없애는 일이 과연 일어나겠나?"

나는 얼른 나서지 않고 가만히 듣고만 있었다. 대뜸 나서는 게 힘에 부쳤는지도 모른다. 사실 내게는 덕수에 대항할 논리가 빈약한 게 사실이었다. 그것은 무엇보다 그 어른에 대한 모호한 태도에서 비롯된다는 것을 뒤늦게 깨닫고 있는 중이었다. 신문에 반대하고 동백을 편들자니 그분을 배신하는 것 같고 그 어른 편에 서자니 동백을 없애자는 말도 안 되는 일에 앞장서는 격이었다. 덕수는 이렇게도 말했다.

"우리 아버지도 일본 동백이 그동안 논에다 그늘을 만들어서 농사가 좋지 않았는데 잘되었다고 하더라. 이참에 다 뽑아버리고 새 출발하는 게 좋다."

일본 동백이라는 말이 가시처럼 입안에 걸렸다. 아이들 눈치를 봤더니 희미하게 고개를 끄덕이는 듯도 싶었다. 마을 사람들이 애지중지하는 것은 사실이지만 동백이 정말 일본산이고 일본 사람이 심은 것이라면 단순히 찜찜한 데서 그칠 문제는 아니었다. 동백꽃은 아름다움을 잃을 것이고 사람들로부터 버림받을 게 분명했다.

게다가 그 많은 이야기들은 어찌할 것인가. 동백나무 밑에 구렁이가 산다는 것부터 물속 바위에 이르기까지 모두 다 무참한 거짓말이 되고 마는 것이다. 아이들은 여태 터무니없는 이야기를 가지고 왈가왈부해온 셈이었다. 나는 무엇보다 그 사실이 크게 다가왔다. 오랫동안 소중하게 간직해온 무언가가 사실은 하나도 중요하지 않고 더럽고 추한 배경을 지녔다는 오해를 받았을 때처럼 언짢은 느낌이었다. 아이들 모두가 나와 비슷한 기분인 것 같았다. 앞으로 나서 동백을 위해 무언가를 주장하기는 해야겠는데 덕수를 이길 자신은 없고 그렇다고 넋 놓은 채 가만히 있자니 자존심이 허락지 않았다. 나는 돌다리를 건너는 심정으로 조심스레 입을 열었다. 동백이 없는 외가마을 하느물은 상상하고 싶지 않았던 것이다.

"뒷집 할아버지가 그러는데 신문 내용이 사실일 리가 없다던데?"

물론 뒷집 할아버지는 꼭 찍어 그렇게 말하지 않았다. 아침에 외할머니가 만든 녹두죽을 가지고 뒷집으로 심부름을 간 김에 나는 할아버지에게 물어보았다. 어려서 마을 앞에다 동백나무 심는 것을 본 적이 있느냐고. 뒷집 할아버지 연세가 일흔아홉이니 일본이 우리나라를 침략했을 당시에 심은 동백이라면 할아버지가 모를 리가 없는 것이다. 뒷집 할아버지는 분명하게 고개를 가로저었다. 동백나무 심는 것을 보다니, 내가 한 이백 살은 되어 보이느냐? 그 말을 듣고 얼마나 안심이 되었는지 모른다.

"사실이 아니면? 그럼 군에서 나온 신문이 거짓말했다는 거라, 뭐라? 그건 군수님이 거짓말쟁이라는 말이나 다름없는 거잖아. 네 말뜻이 그런 거라?"

"그거야……."

군수가 거짓말쟁이냐는 말에 나는 그만 혀가 굳어버린 사람처럼 입을 다물었다. 그것은 단지 뒷집 할아버지가 그렇게 말씀하셨다고 했을 때처럼 섣불리 단정할 문제는 아니었다. 군수를 거짓말쟁이라고 하는 것은 그 어른이 거짓말쟁이라고 하는 것만큼이나 얼토당토않았다. 무엇보다 아이들이 믿지도 않을 것이므로 나에게는 불리한 단언일 수밖에 없었다. 덕수는 그럴 줄 알았다는 듯 빙그레 야비한 미소를 짓더니 말했다.

"저 동백은 몹쓸 꽃나무라."

씹어뱉는 것 같은 거친 소리에 나는 번쩍 정신이 들었다. 동백이 더 이상 순수하지 않다는 말도 견디기 힘든데 몹쓸 꽃이라니, 그렇다면 그곳을 놀이터 삼아 놀던 우리는 누구고 거기에 대고 사랑을 맹세한 사람은 무어란 말인가. 나는 도저히 묵과할 수 없는 기분이어서 앞으로 나서며 대차게 쏘아붙였다.

"그렇다면 도대체 일본 사람은 정확히 언제 동백나무를 심었다는 거라?"

"와, 이 가시나가 웃기네. 그런 것은 군수님 같은 분이나 알 수 있는 것이지. 내가 그걸 대답할 수 없다고 해서 일본 사람이 심은 동백이 한국 사람이 심은 것처럼 될 수는 없는 거잖아, 야들아, 안 그러나?"

아무도 덕수 말에 맞장구를 치거나 고개를 끄덕이지는 않았지만 내가 밀리고 있다는 것은 자명한 사실이었다. 나는 안간힘을 다해 무언가를 생각해내려고 애썼다. 하지만 나는 뒷집 할아버지가 한 말에서 멀리 벗어나지는 못했다.

"뒷집 할아버지가 어렸을 때 동백은 벌써 이 마을에 있었단다."

"야, 그 할아버지는 이 동네에서 태어난 어른도 아니잖아?"

"뭐라고?"

나는 놀라서 까무러치는 줄 알았다. 불에라도 데인 기분이었다. 내 기세가 눈에 띄게 수그러들자 완전히 기선을 제압했다고 여겼는지 덕수는 더욱 의기양양 배를 내밀면서 거들먹거렸다. 녀석은 기다란 막대기 하나를 주워들고는 꾸짖듯이 바위를 탁탁 내려치는 것이었다.

"그 할아버지는 황해도 출신이라. 6 · 25전쟁이 끝나면서 이 동네에 들어와 살게 된 거라는 것도 모르나? 어휴, 이 동네에 대해 알지도 못하는 게 자꾸만 나서기는……."

결국 호되게 망신을 당한 나는 본전도 못 찾은 채 뒤로 물러나고 말았다. 뒷집 할아버지가 이북 출신이라는 것은 물론 하느물에 뿌리를 내린 지 얼마 되지 않았다는 것도 금시초문이었다. 나는 기가 죽어 더 이상 아무 말도 하지 못했다. 일은 자꾸만 굽질리는 느낌이었다.

13

동백으로 태어난 수탉

외할머니는 한 마디 말도 하지 않은 채 저녁 밥상 앞에 앉아 있었다. 이모는 자기가 만든 손칼국수 때문이라고 생각하는 것 같았다.

"맛이 없어요?"

외할머니는 고개를 끄덕이지도 않았고 가로젓시도 않았으며 그렇다고 욕설을 퍼붓지도 않았다. 기분이 좋지 않은 것은 틀림없는데 이유를 짐작할 수가 없었다.

사실 손칼국수도 문제가 없지는 않았다. 이모가 저녁나절 내내 끙끙대며 홍두깨로 밀었지만 면발은 아주 불규칙했고 젓가락질을 하면 짧게 뚝뚝 끊어졌다. 게다가 뜨거운 물을 부어 어설프게 반죽한 수제비처럼 흐물흐물하다가 이내 풀어지곤 하여 나 역시 먹고 싶은 생각이 쑥 달아났다. 그럴 때는 이모가 살림에는 재주가 없다는 게 맞는 말인 것 같았다. 안 그래도 밀가루 음식이 지긋지긋하던 차였다. 이모는 세상이 온통 밀가루 천지여서 자기도 어쩔 수 없다면서 툭하면 국수를 밀었고 수제비를 뜯었다. 봄에는 쑥을 캐다가 그 위에 밀가루를 뿌렸고 여름에는 감자하고 밀가루를 함께 쪄서 먹었다. 심지어는 콩나물죽에도 수제비가 들어갔다. 내가 보기에 이모는 밀가루 사용을 즐기는 것 같았다.

때로는 밀가루로 장난을 치기도 하였다. 마루에서 반죽을 하다가 혼자서 소꿉살고 있는 내게 다가와 장난감 그릇에다 밀가루를 담아주거나 반죽한 그것을 찰흙처럼 뭉쳐 동물 모양을 만들며 놀았다. 언젠가 한 번 배급받은 밀가루에서 벌레가 나왔는데 이모의 밀가루 장난이 생겨난 것은 그때부터였다. 외가에는 실제로 밀가루 반죽으로 만든 인형이 서너 개쯤 굴러다니고 있었다. 닭인지 강아지인지 모양이 불분명한 그것들은 군데군데 살이 갈라지고 떨어져나가 흉측한 몰골이었다. 인형의 이름이 뭐냐고 물으면 이모는 기린이니 공작이니 하는 화려한 이름을 갖다 댔다. 나는 그때마다 큰 소리로 웃곤 했다. 내 눈에는 이모가 만든 밀가루 인형은 모두 강아지나 꿀꿀이처럼 보였다. 외할머니는 밀가루로 장난치는 이모를 지켜보다가 "마누무 가시나." 혹은 "배라 처먹을 년." 하면서 뜻 모를 욕설을 퍼부었다. 밀가루 반죽은 개미집을 틀어막는 데도 이용되었다. 부엌의 찬장 뒤편에서 개미굴을 발견하면 밀가루로 반죽을 만들어 빈틈없이 틀어막았다.

"이모야, 거기는 흙으로 막아야 되는 거 아이라?"

하지만 이모는 들은 척도 하지 않았다. 어떤 날에는 밀가루 반죽을 하다가 말고 찬장 뒤를 살피며 개미집이 있나 없나를 확인했고 개미집이 있으면 옳다구나 싶어 하며 얼른 틀어막았다. 구멍을 다 틀어막은 이모는 나를 향해 짓궂은 웃음을 던지곤 했다. 하지만 며칠 후 밀가루는 거의 사라지고 몸이 통통해진 개미들은 더욱 신이 난 듯 줄을 지어 어디론가 부지런히 기어갔다. 이모는 또다시 개미굴을 틀어막았다.

이모는 오늘도 밀가루로 장난을 쳤고 성의 없이 음식을 만들었다. 나는 국수에서 애호박만 골라서 먹다가 외할머니에게 이미 손등을 호되게 꼬집힌 뒤였다. 그런데 나와는 달리 외할머니는 면발을 천천히 다 건져먹었고 국물까지 남김없이 마시고 있는 중이었다. 칼국수 때문에 화가 난 것은 아니라는 이야기였다.

"국수 꼬랭이 구워줄게, 먹을래?"

외할머니 표정을 엿보던 이모가 눈치 보는 것도 신물 난다는 듯 갑자기 목소리를 높이는 바람에 나는 화들짝 놀라 고개를 쳐들었다. 외할머니는 몸이 천근만근이라도 된다는 듯 힘겹게 틀더니 신을 신고 마당으로 내려섰다. 두근거리던 가슴이 조금은 가라앉았다. 나는 얼른 고개를 끄덕였다.

꼬랭이란 밀가루 반죽을 홍두깨로 밀어서 넓적하게 펼쳐놓은 다음 몇 겹으로 접어서 썰다가 남긴 자투리를 말했다. 부드러운 광목 같은 그것을 아궁이 불에다 살짝 구우면 덩치가 빵빵하게 부풀어 오르다가 푹 소리를 내면서 터졌다. 그 순간 퍼지는 고소한 냄새는 그 무엇에도 비길 바가 아니었다. 맛도 가게에서 팔던 과자 못지않았다. 나는 이모가 내민 꼬랭이를 들고 가마솥이 걸린 아궁이 앞으로 갔다. 하지만 꼬랭이를 굽지도 못하고 벼락만 맞았다.

"이놈의 가시나, 저리 안 꺼지나?"

하필이면 그때 외할머니가 소죽을 푸려고 다가온 것이었다. 나는 게으르게 움직이다가 마침내 소죽 푸던 주걱으로 머리통을 한 대 얻어맞기까지 했다.

"엄마는 가한테 왜 그러나?"

이모가 내 편을 들자 외할머니가 휙 돌아보았다. 서슬이 새파랬다. 나는 울음을 터뜨리면서도 얼른 아궁이 앞을 벗어났다. 외할머니는 내가 울거나 말거나 관심 없다는 듯 소죽을 퍼서 외양간으로 날랐다.

순간 외할머니의 비밀을 이모 앞에서 다 폭로해버리고 싶은 충동을 느꼈다. 외할머니가 장똘이를 해쳤다는 것은 분명해졌다. 두섭이가 증인인 것이다. 게다가 이유라는 게 너무나 황당하고 터무니없었다. 모르긴 해도 이모가 안다면 고마워하기보다는 불쾌하게 여길 가능성이 높았다. 이모는 미신을 좋아하지 않았다.

그날 강가에서 넋이 나간 듯 멍하니 서 있던 나는 불현듯 정신을 차리고는 두섭이를 쫓아갔다. 하필이면 고무신을 신고 나와서 땀이 찬 발이 자꾸만 미끈거렸다. 나는 신을 벗어들고 뛰었다. 엄지발가락 사이에 굵은 자갈이 들어와 박힐 때마다 다리를 절룩거려야 했지만 걸음을 멈출 수는 없었다. 드디어 가로수가 시작되는 길 입구에서 두섭이를 따라 잡았다. 나는 다짜고짜 물었다.

"동백나무가 없어지만 장똘이가 싫어할 거라니, 그게 도대체 무슨 말이라?"

녀석은 장똘이가 동백나무 아래 묻혔다고 해서 그렇게 말한 것 같지는 않았다. 단순히 그런 문제라면 누구보다 외할머니가 펄펄 뛸 일이었다. 장똘이를 위해서가 아니라 외할머니가 바랐던 어떤 일에 부정이 탄다는 점에서도 그냥 방치할 수 없는 일일 터였다. 사실 장똘이가 동백나무 아래 묻혔다는 말 자체를 나는 의심하고 있었다. 행여 나를 두섭이 제 편으로 만들기 위해 거짓말을 지어내고 있는 것은 아닐까. 내가 그런 혐의를 두고 있음을 눈치 채기라도 했는지 두섭이가 콧등을 비비면서 더듬더듬 말했다.

"장똘이의 몸은 구렁이도 되고 동백나무도 되었다고 생각한다."

"글쎄, 어째서 그렇게 되었냐고 묻고 있는 거잖아?"

나는 답답하다는 듯이 가슴을 쳤다. 정말 그랬다. 녀석이 하는 말이 무슨 말인지 나는 도통 알아들을 수가 없었다. 장똘이가 동백나무도 되고 구렁이도 되다니. 아니, 어쩌면 나는 알지 못하는 사이 말도 안 되는 녀석의 논리 속으로 빠져들고 말았는지도 모른다.

"그거야 장똘이가 하필이면 동백나무 밑에 묻혔으니까 그렇지. 밭에다가 거름을 주면 토마토도 열리고 참외도 생기잖아. 마찬가지로 구렁이가 장똘이 살을 발라먹고 난 나머지는 동백나무가 지 몸속으로 빨아들이지 않았겠나? 그런 점에서 장똘이는 이제 동백이기도 하다는 것이다. 앞으로 새로 돋아나는 동백나무 이파리나 꽃이 있다면 잘 살펴봐야 될 거라. 바로 장똘이가 피운 것인지도 모르니까."

두섭이는 그렇게 말해놓고는 검지를 이용해 다시 한 번 콧등을 문질렀다. 순간적으로 멍해진 나는 난감한 심정으로 그런 녀석을 쏘아보았다. 머릿속에서 빨갛고 작은 씨앗 같은 것들이 별처럼 툭툭 터졌다. 해괴하면서도 마음을 잡아끄는 이야기가 아닐 수 없었다. 어릴 적 엄마의 무릎에 누워 무서우면서도 짜릿한 옛날이야기를 듣는 기분하고도 비슷했다. 그러다 어느새 스르르 잠이 들어버리면 이야기는 외톨이가 된 줄도 모르고 저 혼자 신이 나 산등성이와 들판과 공동묘지 같은 데를 헐근거리며 헤매고 다니는 것이다. 나는 몽롱하게 들뜬 목소리로 확인하듯이 되물었다.

"장똘이가 나무의 이파리가 되거나 꽃을 피울 수도 있다고?"

"그럼, 나는 그렇다고 생각한다."

두섭이가 "맞아, 그래"라고 하지 않고 "나는 그렇다고 생각한다." 하는 말이 이상스레 감동을 자아냈다. 그렇게만 되었다면. 나는 그런 생각을 하고 있었다.

내가 잡은 물고기를 먹고 자란 장똘이였다. 내 입으로 들어가야 할 밥 중에 적지 않은 양이 녀석의 주둥이 속으로 사라졌다. 그런 녀석이 죽어서 꽃이나 잎이 되었다면 그리 나쁜 일이라고는 할 수 없었다. 솔직히 몹시 마음에 드는 이야기가 아닐 수 없었다. 말하자면 물고기는 닭이 되고 닭은 잎이나 꽃이 되는 식이었다. 그렇다면 남은 문제는 장 똘이가 어느 가로수 밑에 묻혔느냐는 것이었다. 나는 공연히 들떠서 목소리를 높였다.

"장똘이가 묻힌 가로수가 어딘지 당장 가르쳐줘. 넌 알고 있지?"

"글쎄."

그러자 두섭이는 불안하고 자신 없는 눈으로 주위를 두리번거렸다. 나는 그런 녀석에게서 한없는 답답함을 느꼈다. 마음이 급하고 초조했다. 내가 궁금한 것은 그뿐이 아니었다. 누가, 왜, 무슨 까닭으로 장똘이를 가로수 길에다 묻었는지 나는 알고 싶었다. 하지만 진실에 가까이 다가가는 게 한편으로는 두렵고 겁이 났다.

"저긴가?"

녀석이 마침내 한 군데를 손으로 가리켰다. 동백나무 서너 그루가 눈 안에 들어왔다. 나무 가까이 다가가 뿌리 근처를 살폈지만 어린나무가 올라오고 있어서 어떤 흔적을 발견하기는 힘들었다. 땅이 파헤쳐진 기미는 어디에도 없었다.

"이기 뭐라?"

마음을 끄는 무엇이라도 발견했는지 두섭이는 갑자기 작은 나무를 비집고는 땅을 파헤쳤다. 나는 초조하게 두섭이의 손동작을 지켜보았다. 하지만 흙은 더 이상 파낼 수 없었다. 땅 속에는 동백나무 뿌리가 꽉 들어차 있어서 그 무엇도 안으로 파고들기는 힘들었다. 얼기설기 얽힌 그것은 마치 단단한 그물 같았다. 어떻게 보면 천년만년 묵었다는 구렁이의 몸통이 나무뿌리처럼 얽혀 있는 듯 보이기도 했다.

"저기였나?"

이번에는 비틀비틀 길 아래 논둑으로 내려가더니 한 군데를 정해 손으로 느릿느릿 후벼 팠다. 녀석의 굼뜬 행동이 믿음직하지 못했던 나는 발을 동동 구르며 재촉했다. 거기서도 별다른 것은 나오지 않았다. 자잘한 나무뿌리로 이루어진 땅 속 그물은 더 촘촘하고 더 완고한 듯 보였다. 나는 조금씩 화가 나기 시작했다. 녀석은 시무룩하게 내 눈치를 보다가,

"분명히 이 근처일 텐데…… 나무가 다 똑같아서……."
라고 하더니 잠시 후에는 안타까운 듯 하늘을 쳐다보면서,

"구렁이가 살을 다 발라 먹었나부다. 하지만 뼈다구는 남아 있어야 하는데." 하고 말하기도 했다.

나는 울상을 하면서 녀석의 발치에다 흙을 끼얹었다. 갑자기 녀석에게 속아 넘어간 게 아닌가 하는 의심이 들었다. 장똘이가 꽃이나 잎이 되다니 말짱 다 거짓말 같은 느낌이 들었다. 이만저만 실망스러운 게 아니었다. 나는 녀석을 더 다그칠 요량으로 앙똥하게 소리쳤다.

"장똘이를 해치라고 너 엄마가 시킨 거지, 그렇지?"

"아이라."

두섭이는 눈에 띄게 당황했다. 갓 태어난 송아지처럼 다리를 아둔하게 겅중거리면서 길 밖으로 걸어 나왔다. 입에서는 침이 흘러내리고

있었다. 녀석은 긴장이 될 때마다 침을 흘리는 편이었다. 이를테면 버릇없는 행동을 참지 못한 동네 어른이 녀석을 길에다 세워놓고 호되게 다그칠 때에는 침이 어찌나 심하게 흘러내리는지 보고 있기가 민망할 지경이었다. 나는 녀석이 도망가지 못하도록 길을 막고 서 있었다. 마침내 두섭이가 떠듬거리며 조금씩 털어놓기 시작했다.

"너 외할머니가 이모를 살리려고 우리 엄마한테 부탁한 거라."

"장똘이를 땅에다 파묻는 게 우째서 이모를 살리는 긴데?"

"그건 나도 잘 모른다. 하여튼 이모를 살리려고 하면 장똘이가 죽어 조야 한다더라."

"그것이 말이나 되나?"

나는 바락 소리를 지르면서 돌멩이 하나를 집어 들고는 던질 듯이 노려보았다. 두섭이는 나오지도 않은 코를 손등으로 쓱, 문질러 닦더니 주춤거리며 뒷걸음질을 하기 시작했다. 녀석은 울듯이 소리쳤다.

"된다. 원래 젤 좋은 걸 지킬라만 그만큼 좋은 걸 내조야 한다더라. 넌 너 이모가 잘사는 게 안 좋나?"

"좋다."

내 입에서는 나도 모르게 그런 대답이 튀어나왔다. 물론 맞장구를 치려는 의도는 아니었다. 나는 여전히 씩씩거리고 있는 중이었다. 두섭이는 계속 떠들어댔다.

"그럼 됐다. 외할머니 앞에서 다시는 장똘이 이야기하지 마라. 그게 너 이모한테 좋다."

갑자기 할 말을 잃은 나는 아무 곳에나 털썩 주저앉았다. 손에서 굴러 내린 돌멩이가 땅으로 떨어졌다. 내리쬐는 해 때문에 이마가 타들어갈 듯 따가웠고 등에서는 땀이 흘러내리고 있었다. 이모한테 좋은 거라면 분명히 나한테도 좋은 거였다. 그것을 의심하고 싶지는 않았다. 하지만 어째서 장똘이가 죽어야만 이모의 안전이 보장된다는 말인가. 장똘이가 무엇을 잘못했다고. 나는 그 점이 여전히 납득이 되지 않았다. 외할머니를 대할 때마다 그 궁금증은 조금씩 자라났고 의혹은 커져갔다.

14

마침내 부역이 시작되다

황당한 것은 외할머니가 벌인 일만은 아니었다. 말도 안 되는 일이 동네에서 버젓이 일어났다. 동백을 뽑겠다며 부역이 시작된 것이다.

새벽종이 울렸네 새 아침이 밝았네.
너도 나도 일어나 새마을을 가꾸세.
살기 좋은 내 마을 우리 힘으로 바꾸세.

새벽마다 나는 새마을노래에 놀라 잠에서 깼다. 노랫소리는 마을 앞 임자 없는 밤나무에 걸린 스피커에서 요란하게 흘러나왔다. 비가 오거나 눈이 와서 일을 할 수 없는 날에도 노랫소리는 여지없이 울려 퍼졌다.

처음에는 음악소리가 나오면 개가 짖고 까치들도 놀라 하늘로 날아올랐다. 날지 못하는 닭은 깃을 부풀리며 싸울 것 같은 태세를 취했으며 매와 독수리는 깊은 산으로 날아가 며칠간 모습을 보이지 않았다. 세수를 하다가 군가처럼 흘러나오는 노랫소리에 놀라 흙 마당에다 틀니를 떨어뜨린 친할아버지는 점심때가 되도록 사랑에서 나오지 않았다.

하지만 시간이 지나자 모두들 들은 척 만 척이었다. 오리는 저희끼리 꽥꽥거리며 물살을 거스르고 병아리들은 지렁이 한 마리를 서로 차지하려고 소란을 피우면서 달리기 놀이에 여념이 없었다. 알을 품은 까치는 꾸벅꾸벅 졸다가 둥우리를 향해 기어오르는 구렁이를 발견하고는 새된 비명을 지르면서 미친 듯이 날뛰었다.

그 노래는 하느물에서만 틀어주는 것은 아니었다. 우리 집에서도 아침마다 그 노래를 들었다. 특히 부역이 있는 날에는 두 번 세 번 반복해 들려주었다.

동민 여러분들께 알려드립니다, 오늘 부역이 있으니까 아침 잡숫고 다리 앞으로 곧장 나와주시기 바랍니다.

이장은 방송이 나오는 사이사이에 노래를 틀었다가 사람들이 다 모여야 비로소 마이크를 껐다. 새마을노래 역시 그분이 직접 만들었다는 소문이 자자했다.

138

아침밥을 먹은 다음 외할머니와 이모는 마을 앞으로 나갔다. 나 역시 삽을 소리 나게 질질 끌면서 뒤를 따랐다. 외할머니는 표정이 아주 좋지 않았다. 계속해 툴툴거렸으며 사소한 일에도 날을 세우며 적개심을 드러냈다. 나는 물론 이모까지도 아침 내내 말 한 마디 붙이지 못했다. 나는 그 이유를 짐작할 수 있을 것 같았다.

"내가 이래 봐도 아들이 서인데……."

외할머니는 부역이 있을 때마다 자주 그런 말을 하곤 했다. 하지만 셋이나 되는 아들은 하나도 곁에 없어서 이렇게 부역이라도 닥치면 아들 없는 노인네의 한심한 처지를 방불케 했다. 남의눈을 의식해야 하고 그것도 모자라 아쉬운 소리까지 해야 할 형편이니 생각하면 할수록 분하고 원통한 일이었다.

여자는 한 사람 몫으로 쳐주지 않아 외할머니는 부역만 있으면 몸서리를 쳤다. 외할머니의 입장은 분명했다. 무슨 일이 있어도 몸 약한 이모에게는 험한 일을 시키지 않는다는 것이었다. 특히 지나치게 무더운 날에는 집안에 가만히 앉아 있는 것만으로도 이모는 힘들어했다. 느닷없이 픽 쓰러지거나 가슴을 쥐어뜯는 일도 다반사였다.

얼마 전에도 바가지를 들고 쌀을 가지러 아랫방으로 가다가 마당에서 짚단처럼 쓰러져 외할머니의 간담을 서늘하게 만들었다. 이모는 우황청심환을 먹고 나서야 기운을 차렸다.

하지만 내가 볼 때에는 이모만 문제가 있는 것은 아니었다. 외할머니도 삽을 들고 거리에 나가 부역을 할 만한 입장은 못 되었다. 날마다 쑤시고 저리는 다리는 그렇다 치더라도 손목에 힘이 없어 삽을 잡지도 못하는 처지였다. 어쩌다가 방이나 마루에 걸레질을 하거나 절구질이라도 하고 나면 앓는 소리를 내느라 밤이 새도록 잠을 설쳤다. 젊었을 때 이모를 낳고 몸조리를 제대로 하지 못한 탓이었다.

서울 사는 외삼촌들은 외할머니가 농사짓는 것을 극구 말렸다. 돈 벌어서 두 사람이 먹고 살 만큼 부쳐줄 테니 그만 쉬시라는 것이었다. 하지만 외할머니는 들은 척 만 척 막무가내였다. 몇 안 되는 밭뙈기마저 손에서 놓을 바에야 뭣 하러 밥 먹고 사느냐는 식이었다.

얼마 전까지만 해도 정오 아재네 형제가 급한 대로 외갓집 부역을 대신 해주어서 아무 문제가 없었다. 하지만 봄에 장가간 작은 아재가 장터로 살림을 나는 바람에 처지가 달라졌다. 그저께 외할머니는 부역 때문에 장터에 사는 작은 아재를 불러달라고 했다가 거절을 당한 모양이었다. 작은 아재가 집 짓는 사람을 따라다니면서 새로운 일을 시작한 처지라 강요할 수는 없다는 것이 정오 아재의 말이었다. 결국 마음이 상할 대로 상한 외할머니는 두고두고 욕을 했다.

"이것들이 우리 땅을 공으로 부쳐 먹다시피 하면서……."

정오 아재가 부치는 땅은 대부분 외갓집 소유였다. 논을 부쳐 먹는 대신 외할머니는 물론 서울 사는 외삼촌들이 일 년 내내 먹을 쌀을 대주었다. 틈틈이 궂은일을 나서서 봐주는 것도 그와 무관하지는 않았다. 그러니 이번 부역에서도 정오 아재가 알아서 동생을 불러올려야 한다는 게 외할머니의 생각이었다.

"그냥 엄마하고 나하고 둘이 나가서 머릿수나 채우고 봐요. 다 아는 처지에 설마 일 못한다고 구박이야 하겠어요?"

어제 저녁에 밥을 먹으면서 이모는 체념하듯이 외할머니를 달랬다. 하지만 말은 그렇게 하면서도 이모 역시 심란한 것 같았다. 외할머니는 불안하게 눈을 굴렸다.

"차라리 저 어린 것을……."

그러면서 외할머니는 나를 힐끗 쳐다보았다. 아마도 나를 시켜먹는 게 낫다는 말인 것 같았다. 장똘이를 어떻게 했을 때에도 그런 눈으로 쳐다보았을 거라고 생각하니 소름이 오싹 돋았다. 하지만 나는 애써 마음을 가다듬었다. 외가 식구들이 이모에 대해 갖는 애처로움을 두고 새삼 문제 삼을 생각은 없었다. 이미 오래 전부터 그런 분위기는 당연시되어 있어서 너무나 익숙했던 것이다.

게다가 동네에 그와 같은 사례가 아주 없는 것도 아니었다. 윤보네는 엄마가 명주 장사를 나가 대체로 집에 없기 때문에 갑자기 닥치는 부역에 대처할 길이 없었다. 궁여지책 끝에 윤보와 늙어서 거동하기도 힘든 할머니가 부역을 한다며 삽을 끌고 나오곤 했다. 그때마다 어찌나 민망한지 쳐다보지도 못한 채 저마다 고개를 돌리곤 했다. 하지만 누구도 그만 됐으니 집에 들어가 쉬시라는 말은 하지 않았다. 그 뒷감당을 할 자신이 없었던 것이다. 결국 윤보 할머니는 부역이 끝날 때까지 아이고 허리야, 어쩌고 하면서 길에 앉아 있어야 했다.

"할 수 없는 일이지. 사람 못 할 짓이야 하게 할라고?"

이번에는 외할머니가 혼잣말하듯 중얼거렸다. 생각만 해도 이모가 안쓰럽고 기가 막힌다는 표정이었다. 외가 식구들은 그렇게 자포자기의 심정으로 부역에 불려 나온 것이었다.

"우선 나무부터 뽑아 치아야 일이 수월할 거라요."

며칠 동안 출근하다시피 한 면사무소 사람은 마을 입구 가로수 길이 시작되는 곳에다 사람들을 모아놓고 그분이 내려올 날이 머지않았다면서 독촉이 이만저만하지 않았다. 오늘부터 당장 일을 시작하더라도 날짜를 맞추기가 빠듯할 거라는 말을 할 때에는 지긋한 압력 같은 것이 느껴졌다. 어른들은 떨떠름한 표정이었으나 달리 뾰족한 수가 있는 것도 아니어서 일에 선뜻 나서지도 못하고 그렇다고 발뺌을 하지도 못하는 형국이었다. 그러는 틈에 면사무소 공무원이 장갑 낀 손으로 나무 한그루의 밑동을 잡고서는 뽑을 것처럼 용을 썼다. 나무는 꿈쩍도 하지 않았다.

"그래 가지고 나무가 뽑힙니까? 사람 손으로는 뽑기 힘들어요."

멀찍이 봇도랑 둑 위에 삽자루로 턱을 고이고 앉아 구경만 하던 인식이 아버지가 가당찮다는 듯 조소를 보냈다. 뒷집 아저씨가 고개를 끄덕이며 "힘들지." 하고 맞장구를 치는 사이로 노인들 두어 명이 소곤거리듯이 귓속말을 나누었다.

"톱으로 잘라내면 몰라도 저래서는 안 될 걸?"

"천지 분간 못하는 아처럼 무턱대고 덤비는 것 좀 보게."

내가 생각하기에도 공무원의 그런 시도는 얼토당토않은 행동으로 보였다. 동백나무는 하나같이 감나무만한 크기여서 밑동만 해도 내가 두 팔로 안아야만 겨우 안기는 것이 많았다. 외가 앞마당에서 자라는 동백나무를 봐도 알 수 있었다.

외할머니가 처음 시집 왔을 때 일이었다. 동백꽃이 너무 예뻐서 자주 구경을 나가고 싶었으나 갓 시집 온 새댁으로서는 그것도 조심스러울 때였다. 할 수 없이 외할아버지를 시켜 가지를 서너 개 꺾어오게 하였다. 실컷 들여다보고 잠자리에 들면서 장난삼아 마당의 텃밭에다가 푹 찔러놓았다. 그랬더니 놀랍게도 그 중 하나에서 뿌리가 생겨나 자라기 시작했다는 것이다. 수십 년을 자란 그 나무는 제법 많은 꽃을 피우고 있을 뿐 아니라 모양도 동그라니 보기 좋았다. 아무리 자라도 꽃을 피우지 못하는 나무가 있다는 점에 비추어보면 행운이라고 할 수 있었다. 가로수가 이발을 하듯이 가지치기를 시작하면 외할머니도 옆으로 벌어지는 가지를 군데군데 쳐 주면서 공을 들였다. 가지를 치면 칠수록 꽃은 두드러지게 고와 보였다. 하지만 그 나무가 이제 겨우 한 손으로 쥐어질 정도의 둘레밖에는 되지 않았다. 그러니 가로수의 나이가 몇 백 살에 이른다는 것은 설득력이 있는 말이었다.

그런데 면사무소 공무원은 그 나무를 뽑으려고 대들고 있는 것이다. 누가 보더라도 웃음거리밖에 되지 않는 일이었다.

"사람 손으로 뽑기 힘들면 도라꾸라도 끌고 나와야 된다는 말이라요?"

혼자뿐인 면사무소 사람은 약이 오르는 모양이었다. 유난하다 싶을 만큼 넓적하게 각진 턱을 가진 그가 발끈하면서 대차게 받아치자 일순 긴장감이 도는 듯도 싶었다. 하지만 하느물 사람들은 체질적으로 누구와 싸우는 데는 소질이 없었다. 인식이 아버지 목소리는 곧 변명처럼 맥없이 오그라들었다.

"농사일만 해도 바쁜데 나무를 꼭 갈아 치아야 되느냐 이 말이지요."

"아유, 이건 고만 국가적인 사업이라요."

공무원은 더는 아무 소리 말라는 듯 잘라 말했다. 별 말도 하지 않았는데 모자 밑으로 드러난 그의 얼굴은 불콰하게 달아 있었다.

"이 동백나무를 일본 사람이 심었다는 것도 신문에서 안 봤어요? 뽑을 나무는 뽑아내고 우리 손으로 지대로 된 것을 심어야지요."

그가 삽으로 땅에 박힌 돌멩이를 툭툭 치자 길을 잃은 청개구리 한 마리가 놀라 길 밖으로 뛰어나왔다. 녀석은 눈알을 굴리면서 얇고 부실한 옆구리를 실룩거리다가 논둑 밑으로 이내 사라졌다. 그때 어른 한 분이 버럭 고함을 질렀다.

"일본 사람이 심었는지 안 심었는지는 알 수 없으나 그게 사실이라면 고마운 일이지 뭐라. 그 사람들이 여기 와서 해코지한 것은 해코지한 것이고 잘한 일은 잘한 일이지 않은가? 나는 백 번 고마워해야 할 일이라고 생각하네. 그렇지 않은가?"

사람들은 적당히 고개를 끄덕이며 옆 사람의 눈치를 보았다. 백 프로 공감이 가지는 않는 얘기지만 상황이 상황이니만큼 대충 눈감고 넘어가겠다는 그런 표정이었다. 어떻게든 동백을 폄하하여 일을 수월하게 처리하려던 공무원은 픽, 하는 쓴웃음과 함께 콧방귀를 뀌었다. 그는 냉정을 되찾으려는 듯 불필요한 헛기침을 두어 번 내뱉더니 이번에는 조금 신경질적인 음성으로 소리쳤다.

"아무튼 한 달 안으로 플라타너스 심는 것까지 다 끝내야 돼요. 이렇게 왈가왈부하면서 시간 낭비할 틈이 없어요."

"시간 낭비는 우리도 할 마음이 없구만. 몇 백 년을 이 동네 사람들하고 눈을 맞추고 살을 비비면서 땅 속으로 뿌리를 박아 들어간 나무들인데……."

나이 많은 어른이 뒤에서 점잖게 한마디 하자 면사무소 사람은,

"시발, 몇 백 년은 무슨, 백 년도 안 된 걸 가이고."

하며 혼잣말로 투덜거리더니 더 이상은 못 참겠다는 듯 버럭 고함을 질렀다.

"이장은 어디 갔어요? 도대체 하느물 이장은 뭐하는 사람이라요?"

여기저기서 웅성거리는 소리가 들렸다. 누군가 어지간히 말이 안돼야지 이장도 나설 거 아니냐고 하는 틈에 이장 아들 덕수가 아버지를 찾겠다며 오토바이를 타고 집으로 갔다. 생각해보면 이장은 이런 때 늘 자리를 피해 있었던 것 같았다.

15

그가 부역을 대신하다

누군가 옆으로 다가와 외할머니 손에서 슬그머니 삽을 빼앗은 것은 면사무소 공무원과의 끝이 나지 않을 실랑이로 사람들이 하나 둘 지쳐 갈 무렵이었다.

"연장 이리 주시고 그만 집으로 들어가세요, 어머니가 무슨 부역을 한다고 나오셨어요."

현규였다. 그는 웃으면서 말하더니 이모에게 눈짓을 보냈다. 외할머니를 모시고 그만 집으로 들어가라는 것 같았다. 둘러봤더니 과연 그의 집에서는 그 말고도 아버지가 삽을 들고 나와 있었다. 그의 아버지는 아들이 하는 말이 다 들릴 텐데도 모르는 척 딴전을 피우고 있었

146

다. 당황한 외할머니는 미심쩍은 듯 갈피를 잡지 못했다.

"니가 지금 우리 집 일을 대신 해주기라도 하겠다는 거라?"

"예, 그만 들어가세요."

외할머니는 선뜻 그러마고 고개를 끄덕이지는 않았지만 왜냐고
묻지도 않았다. 조용히 전후좌우를 짚어보는 것 같았다. 무엇보다 남
의 이목이 문제였다. 온전하지도 못한 딸을 구실로 남의 자식을 부려
먹는다는 식의 모함은 받고 싶지 않았다. 하지만 그의 의도를 면밀하
게 살펴보지도 않고 단순한 호의를 지나치게 폄하하기만 한다면 그
또한 어른스럽지 못한 처사였다. 나는 그가 동백나무는 결국 안전할
것이라고 장담하는 말을 여러 번 들었다. 동네 사람 누구도 원하지
않을 뿐 아니라 그 많은 나무를 캐낸다는 것은 현실적으로 불가능하
다는 이유였다. 동백나무를 심은 사람이 일본 사람이라는 내용이 신
문에 실렸을 때에도 그는 흔들리지 않았다. 이모가 조작이라는 식의
극단적인 말을 쓰면서 약 올라하던 것과도 대조적이었다. 나무는 그
저 나무일 뿐 일본 나무 한국 나무가 따로 있을 수 없다는 것이었다.

설사 마을 앞의 동백을 정말 일본인이 심었다고 하더라도 그것을
문제 삼는 것은 지나치게 옹졸한 처사라는 말은 나도 받아들일 수 있
을 것 같았다. 동백은 누가 뭐래도 하느물 사람들의 것이고 마을의
일부였다. 그러니 우왕좌왕하다가 부역은 흐지부지될 것이라며 그는
걱정하는 이모를 위로했었다. 외할머니 생각도 크게 다르지 않을지
도 몰랐다. 누구도 한 달 이상 부역이 계속되리라는 생각은 하지 않

았다. 외할머니가 소심하게 앞뒤를 따져보는 사이 이모가 조심스럽게 앞으로 나섰다.

"괜찮아, 그냥……."

대충 시간이나 때우겠다는 식의 말일 테지만 남의 시선 때문에 이모는 차마 입 밖으로 내보내지는 못했다. 아무튼 이모는 그의 제안을 은근히 물리치고 있는 거였다. 그런데 그런 이모를 설득시키려는 의욕이 지나쳤던 탓일까. 그는 또다시 사람들의 눈총을 받을 만한 말을 하고 말았다.

"네가 무슨 부역을 한다고 그래? 너한테 일을 시키느니 차라리 우리 엄마를 부려먹겠다."

그는 의기양양 그렇게 말하고는 이모와 외할머니 등을 떠밀었다. 그의 아버지는 큼큼 헛기침을 내뱉으면서 먼 산으로 고개를 돌렸고 동네 어른들은 혀를 차면서 빙그레 웃고 말든가 저런 고얀 놈 하는 식으로 인상을 찌푸렸다. 그나마 아줌마들이 많지 않은 게 다행이었다. 물론 그의 어머니도 그 자리에 없었다. 그의 반응에 촉각을 곤두세우고 있던 외할머니는 순간 정신을 번쩍 차리고는 어깨를 파르르 떨었다. 그러고는 혼잣말하듯 중얼거렸다.

"아이고, 저런 녀석을 상대로 내가 지금 뭘 할라는 거라."

외할머니는 마치 철없는 어린아이를 상대로 거래를 트려다 들킨 것처럼 민망해하는 것 같았다. 결국 냅다 삽자루를 도로 빼앗으려는 듯 그에게 덤벼들었다. 하지만 그는 완력을 이용해 외할머니 팔을 지긋하게 잡고는 제자리로 돌려주었다. 그때 이모가 얼른 나섰다.

"시도 때도 없이 아무 때나 농담을 하고 그래."

어색하게 눈을 흘기며 모면해보려 했지만 늦은 감이 없지 않았다. 아무도 그가 농담을 한 것이라고 믿지 않았다. 게다가 그는 상황 파악을 전혀 하지 못한 사람처럼 눈만 멀뚱거리며 서 있었다. 외할머니는 펄쩍 뛰는 시늉을 했다.

"니가 무슨 생각으로 그러는지는 모르겠다만 나는 내 힘으로 이 자리에 서 있을란다."

"생각은 무슨 생각이라요. 어머니가 부역을 하시는 게 어느 모로 보나 말이 안 되니까 그러지요. 세상 천지에 환갑 지난 안노인한테 부역 시키는 나라가 어디 있어요?"

구구절절 맞는 말이었으나 상황을 돌이키기에는 역부족이었다. 물론 그에게는 외할머니의 반응 따위는 안중에도 없었다. 중요한 것은 그가 하려는 의도였다. 그것이 그를 턱없이 진지하게 만들고 있었다. 외할머니가 그것을 모를 리 없었다.

"그러니, 나는 그만 체면 불구하고 남 옆에서 얼쩡거리기만 할란다. 동네에서 우리 집 형편 모르는 사람도 없고."

외할머니는 팔을 내저으며 동네 사람 다 들으라는 듯 큰 소리로 떠들면서 이웃을 둘러보았다. 그리들 알고 나한테는 큰 기대 말어, 하는 식이었지만 아무도 외할머니에게 신경 쓰고 있지 않았다. 어쩌면 알면서 일부러 외면하는지도 몰랐다. 형편을 봐주기로 친다면 부역을 할 만큼 시간이 남아도는 사람은 동네에 아무도 없었다. 새벽부터 저녁 늦도록 일해도 모자라는 게 일손이어서 아이들까지 들일에 동원되느라 종종 학교를 빠져야만 했던 것이다.

"선민이 이모 생각도 해야지요. 삽질하고 리아카도 끌어야 되는데 시집도 안 간 처녀한테 그런 일이 가당키나 합니까? 저는 용납할 수 없습니다."

그는 그러면서 두 사람을 자꾸만 떠밀었다. 용납할 수 없다는 말이 한없이 고마우면서도 나무에 걸려버린 연처럼 이상하게 외할머니 마음을 불편하게 한 것 같았다. 외할머니는 어쩔 수 없이 주춤 하면서 진저리를 쳤다. 그때 보다 못한 그의 아버지가 은근슬쩍 아들 편을 들면서 한 마디 끼어들었다.

"그만 들어가세요."

표정은 그리 야박해 보이지 않았다. 자식에 대한 꾸짖음의 의사도 이웃에 대한 께름칙한 감정도 없이 그저 무난하고 온화하였다. 외할머니 얼굴도 조금씩 펴지고 있었다.

"그렇다면 품삯은 내가 알아서 쳐주마."

외할머니가 그렇게 말하자 그가 화들짝 놀라며 서운한 표정을 지었다. 그런데 그가 뭐라고 하기도 전에 이번에는 그의 아버지가 펄쩍 뛰고 나섰다.

"아이고, 아지매도 참, 품삯은 뭔 품삯을……."

"그럼 생판 남의 자식을 공으로 부려먹는 법도 있답니까?"

외할머니는 '생판'이라는 단어에 힘을 주면서 고약하다 싶을 만큼 갈라지는 목소리로 고함을 질렀다. 그와의 관계에 선을 긋는 것일 수도 있고 마지막 남은 자존심을 지키려는 것일 수도 있었다.

"그거야. 정 부담스러우시면……."

그러자 외할머니가 힐끗 호두나무집 아저씨를 쳐다보았다. 구미가 당기는 모양이었다. 사람 좋은 아저씨는 뒷머리를 긁적이며 더듬더듬 설명했다.

"감 농사가 올해도 잘될지는 두고 봐야 알겠지만 지난번처럼 이번 가을에도 선민이 큰 외삼촌한테 부탁해서 감이나 좀 팔아달라고 하시지요, 뭐."

그러고 그는 민망하고 쑥스럽다는 듯 허허 웃었다. 지난해 큰 외삼촌은 거래처에 선물해야 한다며 호두나무집 단감을 몇 접 사가지고 서울로 올라갔다. 그런데 의외로 반응이 좋아 아예 가게 앞에 내다놓고 팔게 되었다. 처음에는 긴가민가했으나 한 달도 되지 않아 단감 스무 동이 동나버렸다. 큰 외삼촌도 놀라고 호두나무집도 당황할 정도였다. 게다가 조합이나 장사꾼한테 넘기는 것보다 훨씬 높은 가격을 쳐서 팔았으므로 여러 모로 뿌듯한 일이 아닐 수 없었다. 그렇게 재미를 보고 나니 올해도 혹시나 싶은 기대를 버리지 못한 모양이었다. 일이 그렇게만 된다면 누가 생각해도 두루두루 좋은 일이 아닐 수 없었다. 아니나 다를까 외할머니 얼굴이 눈에 띄게 밝아졌다.

"아, 그거라면 내가 아들한테 부탁할 것도 없어요. 아들도 아는 사람들한테 좋은 물건 싸게 팔아 면목이 섰다고 좋아하던데요 뭐."

외할머니는 붉은 잇몸을 드러내며 웃었다. 하지만 미소는 이내 사라졌다. 이모가 팔짱을 끼며 잡아끌자 외할머니는 마침내 집을 향해 돌아섰다. 그동안 골머리 앓던 일에서 해방되어 홀가분할 만도 했건만 웬일인지 발걸음은 그리 가벼워 보이지 않았다. 몇 걸음 가다가 돌아보았을 때에도 마찬가지였다. 어딘가 모르게 피로해 보였다. 나는 외할머니를 따라 집으로 가지 않고 사람들 틈에 남아 있었다.

16

군수님의 방문

모든 것을 포기하고 물러간 것 같던 면사무소 공무원은 다음 날 아침에 다시 찾아왔다. 하지만 이번에는 혼자가 아니었다. 아침부터 두어 차례 마이크가 삑삑거리고 나더니 이장의 목소리가 숨 가쁘게 흘러나왔다.

"아, 아, 동민 여러분께 알려드립니다. 오늘도 말하자면 부역이 있습니다. 말하자면 집집마다 한 분도 빠짐없이 나와주시면 고맙겠습니다. 그리고 오늘로 말하자면 특별하게, 동민 여러분들을 격려하는 차원에서 공사다망하신데도 불구하고 군수님께서 말하자면 직접 우리 동네를 방문하셨습니다. 뿐만 아이라 황송스럽게도 말하자면 술과 고기까지 푸짐하게 준비를 해 오셨습니다. 말하자면 집집마다 한 분도 빠짐없이 다 나와주시라는 겁니다. 다시 한 번 말씀드립니다……."

이번에는 '이렇게'가 아니라 '말하자면'이 추임새처럼 들어가 있었다. 목소리만으로도 이장이 얼마나 흥분했는지 짐작이 가능했다. 마치 이국땅에서 축구경기를 생중계하는 열에 들뜬 아나운서 같았다. 라디오를 자주 듣다 보면 조국에 계신 동포 여러분 기뻐해주십시오, 따위의 중계방송을 자주 접하게 되는 것이다. 그 가파른 목소리에 귀를 기울이노라면 무슨 일이 어떻게 되었는지 알지도 못하면서 덩달아 기분이 고양되고 숨이 가빴다. 다행히 하느물 방송에서는 중간에 숱하게 반복된 '말하자면' 때문에 숨까지 막히는 일은 없었다.

그러자 마치 불이라도 난 듯 뒷집과 옆집에서 사람들이 뛰어나가는 모습이 담벼락으로 환히 내다보였다. 까치발을 하고 내다봤더니 뛰면서 한 손으로는 바지춤을 추슬러 거머잡고 또 한 손으로는 허리끈을 두르는 어른도 있었고 신을 들고 맨발로 달려 나가는 아이도 하나둘이 아니었다. 이모는 마루에서 밥을 먹다 말고 입을 삐죽거렸다.

"사람들을 구워삶으려고 온 게 뻔해."

동백나무를 뽑자는데 마을 사람들이 협조하지 않으니까 어떻게든 설득해보려고 그가 찾아왔다는 것이었다. 하기는 면장도 아니고 조합장도 아닌 군수라니, 정말 의외의 사건이 아닐 수 없었다. 가로수의 종류를 무엇으로 하느냐는 것이 이토록 중요한 일이란 말인가. 나도 숟가락을 놓고는 서둘러 신을 챙겨 신었다.

"혹시 군수님 밑에 있는 사람 아닐까? 비서 같은 사람을 가지고 군수라고 속이는지도 몰라. 군수가 면장도 아닌데 어떻게 여까지 온다는 거라?"

"면장이라고 동네를 찾아다닐 시간이 있겠어요?"

"그러니까 속이는지 아닌지 잘 알아봐야 된다니까."

길에서 만난 인식이 아버지가 앞서가던 이웃과 나누던 대화였다. 말은 그렇게 하면서도 목소리는 누구보다 들떠 있었고 얼굴에는 숫처녀가 낯선 총각을 마주 보고 있을 때처럼 새치름한 웃음이 번지고 있었다.

"설마 사람을 그렇게 속이기야 하겠어요? 보면 알지요 뭐. 지난번 군에서 나온 책에 사진도 나왔고 하니……."

뒷집 아저씨 말에 인식이 아버지가 고개를 끄덕였다. 두 사람은 경쟁이라도 벌이듯 자꾸만 불필요한 헛기침을 내뱉었다. '새마을운동과 새무릉 건설'이라는 제목의 그 책은 얼마 전까지만 해도 외가 마루며 창고처럼 사용하는 아랫방으로 이리저리 굴러다니더니 오늘 아침에는 화장실 작은 바구니 안에 담겨 있었다. 밑씻개로 쓰이고 있었던 것이다. 표지는 이미 오래 전에 찢겨 나갔으므로 나는 군수의 얼굴이 정확히 기억나지는 않았다.

가까이 갔더니 군수만 온 게 아니었다. 지서장은 물론 군수에게 딸린 낯선 사람들 대여섯 명이 붙어 서서 도둑맞은 사람마냥 심각한 표정으로 웅성거리고 있었다. 으리으리하게 번쩍거리는 자동차도 두 대나 보였다. 아이들이 안을 들여다보려고 자동차 주위로 모여들며 손자국을 내자 운전사인 듯싶은 사람이 만지지 말라며 주의를 주었다. 얼룩이 지면 비싼 수리비를 물어야 한다고 능갈치는 솜씨가 제법이었다. 아낙네들의 시선은 빨래터 근처 깨끗한 바위 위로 모아졌다. 거기에는 말들이 술통 두 개와 커다란 궤짝 하나, 작지만 잘 밀봉한 종이상자 세 개가 보란 듯이 놓여 있었다. 한눈에도 먹을거리임을 알 수 있었다.

잠시 후에 젊은 사람 하나가 앞으로 나서더니 군수님 말씀이 있겠으니 주목하라고 외쳤다. 사람들은 기다렸다는 듯 입을 다물었다. 하지만 젊은 사람은 차렷, 하고 외치더니 느닷없이 엄숙한 목소리로 '국기에 대한 맹세'를 읊었다. 국기도 없고 특유의 배경음악도 없는 상황이었으나 개의치 않는 것 같았다. 나도 턱없이 진지해져서 마음속으로 '국기에 대한 맹세'를 끝까지 따라 외웠다. 그러고 나자 마침내 사진에서 본 것 같은 그 사람이 앞으로 나서며 무거운 입을 열었다.

"안녕하십니까?"

얼굴빛이 아주 검은 사람이었다. 평소에는 말수가 적을 것 같은 그 사람이 입을 열 때마다 하얀 이가 도드라져 보였다. 그는 대뜸 묻기부터 했다.

"여러분, 제가 누군지 아십니까?"

"군수님이요."

"어느 군의 군수입니까?"

"무릉군이요."

그곳에 모인 사람들 대부분이 이 뜻하지 않은 손님의 질문에 또박또박, 어린아이처럼 공손하게 대답했다. 아마 가장 큰 소리로 대답을 한 사람은 진짜 군수가 맞느냐고 의심했던 뒷집 아저씨였을 것이다.

"맞습니다. 제가 무릉 군수입니다. 오늘도 새마을사업에 심혈을 기울이느라 얼마나 노고가 많으십니까. 여러분들을 만나려고 군수인 제가 하느물로 일방 달려 나온 길입니다……."

여기저기서 박수 소리가 우렁차게 터져 나왔다. 고함을 지르는 어른도 있었다. 입을 헤 벌린 채 넋이 나간 사람, 어른 앞에 불려나간 아이마냥 얼어 있는 사람, 흥분한 사람 등, 저마다 반기면서도 조금씩은 긴장해 있는 얼굴이었다.

둘러보니 동네 사람 모두가 그곳으로 몰려나온 느낌이었다. 팔순이 넘은 뒷집 할아버지는 물론 윤보네 할머니와 두섭이, 그리고 그의 엄마 모습도 보였다. 심지어는 바깥출입을 전혀 않으시던 재만이네 할머니까지 며느리의 부축을 받으면서 골목을 걸어 나오고 있었다. 재만이 할머니 걸음이 어찌나 느렸던지 바라보는 것만으로도 답답증이 일었던 나는 얼른 못 본 체 군수를 향해 고개를 돌렸다.

"……몇 년 전에 이 동네를 지나가던 때가 생각납니다. 다리 건너에서 우연히 눈을 주었는데 마을의 모습이 참 보기 좋고 정감이 느껴졌습니다. 한눈에 복 많은 동네인 걸 알았습니다. 좋은 사람들이 많이 살거라고 믿었습니다. 그냥 지나쳐야 하는 게 정말 아쉬웠는데 이렇게 오게 될 줄은 몰랐습니다, 반갑습니다, 여러분."

또다시 한바탕 박수 소리가 울려 퍼졌다. 멀리서도 하느물이 보기 좋았다면 그건 분명히 동백나무 가로수 때문일 터였다. 하느물 사람들이 복을 받고 있다면 또한 그와 무관하지 않을 터였다. 군수뿐 아니라 아마 누구에게 물어보아도 같은 대답이 나오리라는 것을 나는 확신할 수 있었다. 이모 말대로 그는 사람들을 설득하러 온 것일까. 나는 미심쩍었다. 이모가 틀렸을 가능성도 없지 않았다. 무엇보다 군수라는 이의 표정에는 누구를 호통 치려는 의도 같은 것은 전혀 없어 보였다. 긴장하고 있는 것은 그의 운전사와 아랫사람들이었다. 어쩌면 군수도 동백나무 가로수의 가치를 잘 알고 있을 가능성이 있었다. 그런 생각이 들면서 나는 그의 말에 한층 더 촉각을 곤두세웠다.

"곧 그 어른께서 저 앞을 지나간다고 합니다, 여러분! 다른 길을 거쳐 지방을 순시할 수도 있는 일이나 우리 무릉 군민을 특별히 사랑하고 아끼시는 나머지 그와 같은 행운을 거머쥐게 되었습니다. 이 얼마나 영광스러운 일입니까?"

그때 가로수 길로 또 한 대의 자동차가 들어왔다. 차에서 내린 사람은 군수에 비하면 조무래기에 속하는 순경들이었다. 동네 사람 몇이 공연히 움찔 놀라는 사이 지서장과 가벼운 목례를 주고받은 그들은 자신을 낮추듯 재빨리 사람들 뒤로 붙어 말씀을 듣는 사람의 대열에 합류했다. 그 때문인지 잠깐 주의가 흩어지는 듯했으나 이내 진지한 분위기를 되찾았다. 사람들은 쥐 죽은 듯 조용히 듣고 있었다. 군수는 그동안 무릉군에서 있었던 새마을사업에 관해 장황하게 사례를 열거했다. 비록 홍수에 끊어지기는 했으나 장터에 놓은 시멘트 다리와 앞으로 새로 놓게 될 다리 이야기도 포함되어 있었다. 그의 말은 계속해서 이어졌다.

"여러분들의 노고를 치하하고자 오늘 제가 술과 안주를 준비해 왔습니다. 조금 있으면 떡도 도착할 것입니다. 이따가 부역하시고 출출하시면 마음껏 드십시오. 집집마다 식구들 다 데리고 나오셔서 잡수십시오. 아이들도, 거동이 불편하신 어르신들도 모두 나오십시오. 여러분들은 그럴 만한 자격이 있는 사람들이올시다."

술과 안주라는 말에 가장 큰 박수 소리가 터져 나왔다. 물론 그가 하는 이야기는 어쩌다 듣는 라디오나 텔레비전 뉴스 내용과 별반 다를 바가 없었다. 새마을운동에 대한 이야기는 숱하게 들어서 누가 운만 떼면 뒷말을 달달 욀 정도였다. 내가 국민교육헌장을 다 왼 것은 학교에 들어가기도 전이었다. 군수의 이야기는 곧 끝났다. 사람들은 연설을 더 듣고 싶기라도 한 듯 멍하니 서 있었다.

그런데 이상한 일은 동백나무에 관해서는 가타부타 말이 없었다는 것이다. 그렇다고 플라타너스에 관한 언급이 있었던 것도 아니었다. 군수는 가로수에 관해서는 일언반구도 없이 연설을 끝내고는 사람들에 둘러싸여 잠시 한담을 나누더니 마을의 남자 어른들과 일일이 악수를 나누면서 눈을 맞추기 시작했다. 시선이 마주칠 때마다 사람들은 큰 잘못이라도 저지른 듯 움찔 놀라면서 얼른 고개를 숙였다. 이장도 새마을 지도자도 뒷집 할아버지도 군수와 악수를 나누는 영광을 누릴 수 있었다. 현규는 어디로 갔는지 모습이 보이지 않았다. 정오 아재는 양손을 내밀면서 목을 자라처럼 최대한 몸속으로 집어넣고는 허리를 90도로 숙여 고마운 마음을 표현했다.

남자들의 손을 일일이 다 잡아본 군수는 재만이 할머니에게 가까이 다가가더니 어르신, 하고 부르며 깍듯하게 인사를 했다. 건강하시지요? 오래 사십시오! 하고 덕담을 건네기도 했다. 평소에 그토록 말귀가 어두웠던 재만이 할머니가 어떻게 알아들었던지 "허리가 마이 아파요, 다리도 쑤시고." 하며 죽는 소리를 하는 바람에 군수는 잠깐 땀을 빼면서 쩔쩔맸으나 이내 너그러운 웃음을 되찾았다.

군수는 마지막 인사말로 동네 사람들을 향해 이렇게 외쳤다.

"그분이 이곳을 지나갈 때 한 점 부끄러움이 없는 떳떳한 마음으로 손을 흔들어 우리의 이 벅찬 감동의 마음을 전합시다, 여러분!"

사람들이 또다시 열띤 박수를 보낸 것은 두말할 나위가 없을 것이다. 그 후 군수는 지서장 등과 악수를 나누며 몇 마디 말을 주고받더니 더 지체하지 않고 차에 올랐다. 서로 인사를 나누는 시간이 길지도 않았다. 곧 차는 한꺼번에 다 떠났다. 심지어는 하느물에 출근하다시피 한 면사무소 공무원까지 별다른 지시 없이 함께 떠나버렸다. 결국 동네 사람들만 그곳에 남아 있었다. 사람들의 얼굴에는 흥분과 서운함이 동시에 교차하고 있었다.

그런데 동백나무는 도대체 어떻게 하라는 것일까. 아니, 그는 왜 하느물에 나타난 것일까. 나는 내내 그것이 궁금해서 견딜 수가 없었다. 딱 부러지게 이래라 저래라 하지 않는 군수가 이상하게 여겨질 정도였다. 어쩌면 군수가 나서 동백나무 뽑는 시범을 보일지도 모른다는 생각을 했으나 그런 일은 끝내 일어나지 않았다. 그렇다고 비슷한 언질을 준 것도 아니었다. 그는 단지 격려차 들렀다면서 술과 고기를 하느물 사람들에게 나누어 주고는 아무런 부탁이나 강요의 말도 남기지 않은 채 쌩하니 가버렸다. 그리고 사람들은 그 검은 얼굴을 더 오랫동안 볼 수 없었던 것을 아쉬워하며 돋움발을 한 채 먼지가 막 가라앉고 있는 동백나무 가로수 길을 하염없이 쳐다보고 있었던 것이다.

하지만 나의 그런 생각은 정말 순진하기 짝이 없는 것이었다. 군수가 떠나고 난 뒤 곧바로 떡이 도착하고 한 시간 가량은 먹느라 정신이 없었다. 막걸리 잔이 오가고 기름진 고기를 입속으로 집어넣느라 어른 아이 할 것 없이 제정신이 아니었다. 떡을 먹다가 숨이 막혀 쾍쾍거리는 아들의 등을 두드리면서도 아낙네들은 즐겁고 뿌듯한가 보았다.

나도 외할머니가 집어준 돼지고기를 새우젓에 찍어 서너 점이나 얻어먹었다. 마른입이었는데도 고기는 목구멍 안으로 술술 넘어갔다.

얼핏 보았더니 두섭이도 제 엄마가 입에 넣어주는 고기를 씹어대기에 여념이 없었다. 그러다가 만족스러운 웃음을 입에 문 채 나를 쳐다보는 것이었다. 눈이 마주치자 나는 화급히 녀석을 외면하며 고개를 돌렸다. 어이가 없다는 느낌이었다.

인절미를 치마 밑으로 감추기 바쁜 사람은 재만이 엄마였다.

"이따가 노인네 드릴라고……."

재만이 엄마가 헤실거리며 웃었다. 아무도 나무라지는 않았지만 썩 달가워하는 표정은 아니었다. 배불리 먹고 나서도 사람들은 얼른 일어나지 않고 시간을 끌었다. 작은 나뭇가지를 꺾어 만족스러운 표정으로 이를 쑤시는 사람은 있었지만 동백나무의 운명에 관해 섣불리 입을 여는 사람은 없었다. 인식이 아버지가 쪼그려 앉은 채 담배를 피워 물었다.

"아따, 그 어른 참, 말씀도 잘하시네."

"그러니까 군수를 해먹는 것이지."

누군가 그렇게 맞장구를 쳤다.

"그래도 사람이 참 경우가 있네, 먹을 것 가져온 걸 봐도 인색해 뵈지 않고, 어른들 알아볼 줄도 알고, 안 그렇나?"

"그렇고말고지."

저마다 상대방에게 자신의 의사를 확인이라도 시키듯 커다란 몸짓으로 고개를 끄덕였다. 그 과장된 동작이 묘한 공감대를 형성하면서 차츰 옆으로 번져감에 따라 무언가를 은밀히 공모했을 때처럼 화기애애하던 분위기도 조금씩 가라앉았다. 그제야 사람들은 진심으로 만족스럽다는 듯 하나둘 엉덩이를 털고 일어서기 시작했다.

이해할 수 없는 일이 벌어진 것은 그 다음이었다. 이장이 먼저 동백나무 뿌리 밑에다가 삽날을 박자 여러 사람이 약속이라도 한 듯 가까이 몰려들었다.

"삽 가지고는 힘들 것이라. 뿌리가 어디 한두 해 자란 것인가? 질기게 버틸 게 분명한 일이지. 아마 괭이질을 해보고 안 되면 다른 수를 써야 할 거라."

누군가 파헤쳐진 흙 속으로 드러난 동백나무 뿌리를 괭이 날을 이용해 짓궂게 건드렸다. 그러자 허룽대던 아이들이 모여들며 의미 모를 고함을 질러댔다. 이장이 시큰둥하게 대꾸하면서 아이들을 쫓았다.

"다른 수라니요?"

"불도저로 한나절만 땅을 파도 훨씬 수월할걸?"

그러자 이 사람 저 사람이 벌떼처럼 나서서 그 사람을 나무라기에 바빴다.

"이런 조그마한 동네일에 뭔 불도저를……."

"우리 손으로 해볼 때까진 해봐야지."

"젊은 사람이 거 참……. 어렵다 생각 말고 열심히 땅이나 파고 보세."

그렇게 마음을 모은 사람들은 저마다 손에다 침을 퉤, 하고 오지게 뱉더니 괭이를 땅속으로 힘차게 내리꽂았다. 연장이 돌멩이에 부딪히는 날카로운 소리로 가로수 길은 부산하고 소란스러워졌다. 그런 어른들을 조마조마하게 지켜보던 아이들은 한쪽으로 비켜서면서 부역에 방해가 되지 않도록 애를 썼다. 언제 나타났는지 현규의 모습도 보였다.

사람들은 도대체 언제 설득당한 것일까.

나는 영문을 알 길이 없었다. 내가 이해되지 않은 말이 오간 적이 있나 하고 군수의 말을 되새겨 보았으나 오리무중이었다. 아무래도 속임수의 혐의가 역력해 보였으나 그 또한 요령부득이었다. 나는 본능적으로 현규를 힐끗 쳐다보았다. 그는 불행한 듯 얼굴을 찡그린 채 무언가를 쏘아보고 있었는데 자세히 보니 다름 아닌 길가에 핀 맨드라미였다. 뿌리거나 거두는 사람 없이 그저 길에서 제멋대로 자라난 떠돌이 꽃이었다. 닭 볏 같은 맨드라미의 붉은빛이 반사된 그의 얼굴은 모르는 사람처럼 낯설었다.

몇몇 사람이 집요하게 삽질을 하는데도 얼굴을 찡그리거나 불쾌한 낯빛을 한 사람은 보이지 않았다. 끔찍한 장면을 목격한 듯 고개를 돌리는 것은 두섭이를 비롯한 두어 명의 아이들뿐이었다. 이장은 마침내 삽을 집어던지더니 동백나무 한 그루의 잘린 뿌리를 뜨거운 햇빛 사이로 쳐들었다. 감나무만 한 나무는 아니고 수십 년 된 어린 나무였다. 가량가량한 듯 보이는 가닥은 현란하고도 어지러웠으며 뿌리 끝에 매달린 흙은 촉촉하게 젖어 있었다. 내 가슴이 덜컥 내려앉았다.

"와!"

아이들이 몰려들며 호기심을 드러냈다. 눈은 공중에 쳐들린 나무뿌리에 가 있지 않고 방금 그것이 뽑혀나갔던 땅속으로 모아졌다. 녀석들도 나처럼 구렁이를 찾는 것일까. 하지만 짐작이나 상상했던 것과는 달리 땅속에는 그저 흙과 돌멩이뿐이었다. 거짓말처럼 비닐 조각 하나가 나오기도 했으나 구렁이가 살았던 흔적과는 상관이 없어 보였다. 나는 왠지 안심이 되면서도 한편으로는 허전하고 서운하였다.

"아, 안 돼요, 동백을 뽑으만 안 됩니다."

삽날이 돌에 긁히는 소리가 비명처럼 들리다가 흩어졌다. 두섭이가 양팔을 벌리며 앞으로 나선 것이었다. 하지만 호기롭게 나선 것과는 달리 두 손은 떨리고 있었고 둥그레진 눈알은 불안하게 굴러다녔다.

"도, 동백이 없으만 이 동네는 망합니다."

두섭이의 목소리는 몹시 떨리는 느낌이었다. 자기도 모르게 저지른 일 때문에 겁에 질려 있는 것처럼 보이기도 했다. 거기다 반쯤 벌어진 입에서는 얼마나 침이 흘러내리는지 보고 있기가 민망할 지경이었다. 다행히 그때 누군가 또 나섰다.

"맞아요, 동백을 뽑으면 안 됩니다."

두섭이의 행동에 정신이 번쩍 들기라도 한 것일까. 뒤늦게 삽을 땅에 꽂으며 나선 것은 현규였다. 일하던 사람들이 저마다 허리를 펴고 멀뚱히 그를 쳐다보았다. 그러는 사이에 두섭이는 저희 엄마에게 등짝을 쥐어뜯기면서 집으로 끌려갔다. 가면서 자꾸만 헛구역질을 하는 게 어쩐지 위태로워 보였다.

나는 나도 모르게 오른손 주먹에 힘을 주었다. 헝겊처럼 생긴 것이 압박되는 느낌은 조금 거칠고 투박했다. 내 손에는 잠시 전 현규가 쳐다보던 맨드라미가 쥐어져 있었다.

사실 나는 그동안 현규를 좋아한 적이 없었다. 아이들에게 다정하지도 않았고 살갑다는 느낌도 들지 않았으며 참을성이 있는 것 같지도 않았다. 그는 어른답지 않게 욕을 잘했으며 남의 물건을 망가뜨리고도 미안해할 줄 몰랐다. 그동안 나는 이모와 사귀는 사람이니 마지못해 옆에서 기웃거린 것뿐이었다. 하지만 가만히 따져보니 하느물에서 동백을 지킬 사람은 이제 현규뿐이었다. 아무래도 그를 믿어야 할 것 같았다. 그가 말했다.

"어르신들, 저까짓 고기 몇 점과 멀건 막걸리에 그만 다 넘어간 거라요?"

그는 덤빌 듯이 눈을 부릅떴으나 대상이 딱히 정해져 있을 리 만무했다. 때문에 모두들 무덤덤한 낯빛으로 그를 바라보았다. 그제야 나는 모든 것이 이해가 갔다. 그의 말이 맞았다. 사람들은 막걸리와 돼지고기에 넘어가고 만 것이다. 그것을 배불리 먹고 나서 어떻게 군수가 하는 일을 거스를 수가 있겠는가. 그런 생각을 하자 갑자기 목구멍 저 안에서 쓴 물이 올라오는 것 같았다. 트림을 하고 나자 기분은 더 꺼림칙했다. 나는 손 안의 맨드라미를 더욱 꼭 움켜쥐었다. 그런데 그때였다.

"자존심도 없어요? 이까짓 막걸리가 다 뭐라고."

현규는 격앙된 음성으로 한 마디를 덧붙이더니 빈 박스를 발로 걸어찼다. 그 뒤로 사람들의 반응은 싸늘하게 돌아섰다. 특히 노인들이 눈을 부릅뜨면서 불쾌해하는 게 내 눈에도 확연히 보였다. 문제는 그의 행동이 우발적인 게 아니라는 거였다.

“에이 씨이.”

그는 땅에서 삽을 뽑아 내팽개쳤다. 그러자 이장이 질겁하면서 호통을 쳤다.

“이게 무슨 짓이라? 어디서 배워먹은 못된 버릇이라?”

“동백을 뽑겠다니까 그러지요. 그게 말이 안 되잖아요?”

“살다 보만 이런 일도 있고 저런 일도 있는 법이라. 여러 소리 말고 한 사람 몫이라도 채울 생각이 있으만 속히 연장이나 집어 들어.”

어눌한데다 끊어질 듯 말듯 불안정하기만 하던 이장의 말투가 아주 강경해져 있었다. 더 놀라운 것은 이장이 내뱉은 말에 ‘이렇게’ 나 ‘말하자면’ 따위는 한 번도 나오지 않았다는 것이다. 마치 원래부터 그런 말은 써본 적이 없는 사람 같아서 혹시 이전에는 일부러 그런 게 아니었을까 싶을 정도였다. 이번에는 현규가 아예 삽을 발로 걷어찼다. 그러고는 날카롭게 쏘아붙였다.

“저는 못 합니다.”

“못 하겠으만 집에 가서 다른 밭일이나 거들든가 아니만 쇠꼴이라도 한 짐 해오면 될 걸 가이고 젊은 사람이 어른들 앞에서 뭘 이렇게 발끈하나?”

이장은 동의를 구하듯 사람들을 둘러보는 여유도 잃지 않았다. 현규는 답답하다는 듯 발을 동동 굴렀다.

“덕수 아버지!”

“그래 봤자 다 소용없어, 자네야말로 배울 만큼 배웠으니까 세상 물정을 알 만큼은 알 거라고 보네. 아. 뭣들 해. 얼른 일들이나 합시다."

이장이 핏대를 올리며 손짓을 하자 목에 두른 수건으로 땀 닦기에 여념 없던 사람들이 하나 둘 허리를 숙이며 괭이질하는 자세로 돌아갔다.

"그래, 무조건 빨리 일을 끝내고 봐야 돼."

"맞아, 그러고 나면 이런저런 말들도 다 수그러들 거라."

사람들은 팔에 힘을 더욱 가했다. 날카로운 금속성이 돌에 닿으며 내는 소리가 한여름 뙤약볕의 열기를 더욱 달구고 있었다. 덕수의 지시에 따라 두어 명의 아이들이 돌을 날라 리어카로 실었다. 가로수 한 그루가 집채 같은 몸을 위태롭게 비칠거리더니 논둑을 향해 드러눕는 것이 저만치에서 보였다. 물에 파문이 일 듯 흩어졌던 아이들이 나무가 넘어가자 소리를 지르면서 동그랗게 모여들었다. 나 역시 소리를 지르면서 아이들 뒤를 따랐다.

17

소나무 숲에 앉은 새들

현규가 사람들을 모아놓은 채 사진을 보여주고 있었다. 각기 다른 위치에서 찍은 동백나무 사진 수십 장이 이 사람 저 사람 손으로 건네졌다. '전통과 내일'이라는 이름의 잡지책 한 권도 보여주었다. 한자가 많고 크기가 갸름한 얇은 책에는 사진이 유난스레 많았다. 대부분 흑백이었으나 놀랍게 컬러 사진도 들어 있었다. 그가 찍은 흑백 사진 두 장이 드디어 다음 달치 《전통과 내일》에 실릴 것이라는 말은 이모에게 들은 바 있었다.

"거시기한 사진은 하나도 없구먼."

사진을 가장 먼저 받아든 이장이 눈을 가늘게 뜨고 그것을 응시하다가 불만이라는 듯 투덜거렸다. 짓궂은 미소와 말투로 보아 거시기한 사진이란 아무래도 이모와 찍은 것을 두고 하는 말인 듯싶었다. 그 중에서도 단번에 사람들의 관심을 불러일으킬 만한 것을 상상하고 있는 게 틀림없었다. 사람들이 기다렸다는 듯 와르르 웃었다. 마치 사진을 보고 할 일이란 그것뿐이라는 듯 정신없이 웃어댔다.

현규는 논둑쯤에서 찍은 사진 중에서 똑같은 것 두 장을 새로 꺼내 옆으로 돌렸다. 그 사진의 잡지책에 실리기로 한 것 중 하나라고 했다. 눈을 찡그려가며 사진을 요리조리 구경하던 이장이 신기하다는 듯 감탄사를 내뱉었다.

"이기 누구라?"

그러자 사람들이 이장 옆으로 몰려들었다. 아이들은 사진의 주인공을 확인하고는 와와 소리를 질렀다. 사진 속 농부는 정오 아재였다. 뭘 하고 있는 건지 곧 울 것 같은 표정을 지은 채 아무것도 심어져 있지 않은 넓은 밭 한가운데에 처량히 서 있었다.

"감자 밭입니다."

현규가 말했다.

"감자 밭?"

"예, 감자 싹이 언제 나오나 이제나저제나 고대하다가 땅 속에서 씨가 다 썩었다는 것을 확인하고는 망연자실해 있는 겁니다. 뭐 잘 아시다시피 끝내 싹은 나지 않았지요."

그러자 이장은 입을 딱 벌린 채 멍하니 현규를 바라보더니,

"현규 야는 말을 해도 어째 이렇게 밉상시리 하나 몰라."
하면서 그렇지 않으냐는 듯 좌중을 둘러보았다. 그렇다는 건지 아니라
는 건지 사람들은 그저 빙글빙글 웃고만 있었다.

다른 사진은 좀 신기한 편에 속했다.

사진의 오른쪽 하단 윗부분에서 기다란 대각선으로 뻗은 가로수 길
은 시작도 끝도 없었다. 곧은 줄로만 알았던 길이 휘어져 있다는 사실
도 사진을 통해서 알았다. 산에 올라가 아래를 내려다 봤을 때에도 길
의 휘어짐은 별반 눈에 들어오지 않았었다. 어쩌면 멀쩡하게 잘 빠진
길을 카메라가 요술을 부려 휘어져 보이도록 만들었는지도 몰랐다. 그
런 점에서 카메라는 요술 상자 같은 구석도 있었다.

사진을 오랫동안 들여다보고 있으니까 동그랗게 머리를 다듬은 나
무가 사진과는 별개로 살아 움직이는 느낌이었다. 나무가 이룬 거대한
줄은 동네 밖을 향해 행군하는 일사불란한 대열을 연상시켰다. 신기하
게 여기며 눈을 둥그렇게 뜨면 대열은 어느새 방향을 180도로 틀어 내
쪽으로 다가오고 있는 것 같았다. 장관이다 싶어 들여다보면 실개천처
럼 초라하고, 아름답고 우아함에 넋을 놓고 있다 보면 어느 결엔가 슬
퍼졌다.

그 밖의 사진은 대부분 동백꽃을 근접 촬영한 것이었다. 노란 술은
찌를 듯 노려보는 불침과도 같았다. 어떻게 보면 솔가지에 낱낱이 불
을 붙여놓은 듯 여겨지기도 했다.

사진 속의 동백은 꽃을 활짝 피웠지만 들판은 아직도 황량하게 얼

어붙어 있었다. 지난해에 세워놓았던 작은 허수아비는 반쯤 넘어진 상태에서 아래로 고꾸라질 듯 위태로웠다.

사진은 옆으로 건네지더니 누군가의 손에서 홀연히 멈추었다. 분위기는 현규가 원하지 않는 엉뚱한 방향으로 흘러갔다. 꽹과리 소리가 들리고 사람들이 무언가에 박장대소를 하면서 모여들자 사진 따위는 순식간에 무시당하고 만 것이다. 사진을 아무데나 던지듯이 내려놓고 뛰어가는 사람의 뒤통수에 대고 그는 욕설을 퍼부었다.

"하여간 별나게 군다니까!"

사실은 그렇게 빈정거리며 그를 나무라는 사람이 태반이었다.

가로수 길 입구에는 멍석이 깔리고 상 하나가 차려져 있었다. 고사를 지낼 요량인 것 같았다. 언제 준비가 된 것인지 돼지머리가 얹히고 과일도 없는 것이 없었다. 며칠 전에 이어 또 한 번 잔치판이 벌어진 것이었다. 아이들은 펄쩍거리면서 좋아라, 환호성을 질러대고 나이 많은 어른들 몇은 흰색 두루마기로 갈아입은 다음 엄숙한 표정으로 서 있었다.

사람들은 어째서 진작 고사 지낼 생각을 하지 못했나, 하면서 한결같이 반기는 분위기였다. 그동안 자꾸만 의견이 갈려서 동네가 어수선했는데 고사를 지내 마음을 하나로 모을 수만 있다면 두루두루 좋은 일이었다.

"얼른 집집마다 앞으로 나와서 절들을 해요."

몇 가지 의례적인 절차가 끝나고 나자 가족 단위로 앞으로 나가 돼지 입에다 지폐를 꽂고 절을 했다. 두섭이 엄마가 뒤에서 일일이 지시를 내렸다.

"그저 탈 없이 일이 잘 끝나게만 해주세요."

덕수 엄마가 소리치자 옆에 서 있던 아낙네들이 따라 외치면서 자꾸만 허리를 조아렸다.

"새로 심는 나무도 무럭무럭 잘 자라게 도와주십시오."

"조금 노엽더라도 다 이해해주세요."

얼핏 보기에는 고사가 갑자기 소원 비는 자리로 바뀐 듯했지만 상관없는 일이었다. 누군가 큰 소리로 떠들면서 흥을 돋우었다.

"이장은 남보다 절도 더 많이 해야 될 걸, 한 번만 더 해."

뒤에서 농담하는 소리가 들리자 기다렸다는 듯이 여기저기서 낄낄댔다. 현규는 벌레라도 씹은 표정으로 사람들 뒤에 서 있었다. 사진이 든 봉투와 잡지책을 손에 들고 있는 그는 이방인처럼 낯설었고 우물에서 숭늉 찾으려는 사람마냥 생뚱스러웠다. 아니, 그는 몹시 외로워 보였다. 이모는 집에서 나오지 않은 채 감감무소식이었다.

돌아가면서 절을 끝내자 모두들 여기저기 흩어져 앉았고 술과 떡이 돌았다. 덕수 엄마가 돼지 머리를 보기 좋게 썰어서 쟁반에 담았다. 새우젓을 달라고 소리치는 사람, 김치가 어디에 있느냐며 보채는 소리로 길바닥은 시끌벅적해진 느낌이었다. 벌써 술에 취한 사람은 인식이 아버지였다.

"아, 이제야 한시름 놨네요."

그러자 하나같이 맞장구를 치듯이 고개를 끄덕였다. 모두들 동백나무로 인해 적지 않은 스트레스를 받았던 모양이었다.

정오 아재 색시가 돼지 머리 두어 점을 집어주기에 얻어먹었더니 배가 살살 아팠다. 나는 집으로 뛰어갔다. 마당으로 들어갔더니 내 기척을 느끼고 토끼 한 마리가 달려 나왔다. 이모는 그늘진 마루에 누워 잠을 자고 있었다. 얼굴이 피로한 듯 파리해 보였다. 내가 곁으로 다가가 일부러 발소리를 높였는데도 잠에서 깨어나기는커녕 몸을 움직이지도 않았다. 외할머니에게 들키면 웬 가시나가 낮잠을 그렇게 깊이 자냐며 오지게 잔소리를 들었을 것이다.

토끼는 화장실 앞까지 나를 따라와 얼쩡거렸다. 장똘이가 없는 사이 그만큼 나와 정이 든 것이었다. 화장실에 쪼그려 앉는데 바지 주머니 속에 든 무언가가 넓적다리를 불편하게 했다. 꺼내보았더니 며칠 전 길에서 뜯었던 맨드라미였다. 부피가 조금 줄어들고 형편없이 말라비틀어졌지만 그 특유의 붉은빛만은 그대로 남아 있었다. 나는 그것을 화장실 안에 빠뜨리지 않고 주머니 속으로 도로 집어넣었다.

다시 동네 사람들이 있는 곳으로 갔을 때에는 현규가 심각한 표정으로 어른들 몇에 둘러싸여 있었다. 팔짱을 낀 뒷집 아저씨가 뭐라고 목소리를 높이자 현규는 안간힘을 다해 설명하면서 손가락으로 산 위를 가리켰다. 술기운 때문인지 아니면 날씨가 더운 탓인지 대부분 얼굴이 벌겋게 상기된 상태였다.

“글쎄, 따라와 봐요.”

“그럼, 어디 가 보자고.”

감정과 오기라는 말이 뒤섞이고 무뚝뚝하게 받아치는 말투는 퉁명스러웠다. 현규와 그에게 동조하는 청년 두어 명이 앞장서 산으로 올라갔다.

“우리도 따라가 보자. 누구든지 나서서 동백이 뽑히는 것만은 막아야 된다.”

어느새 다가온 두섭이가 창백한 표정으로 내 팔을 잡아끌었다. 마치 제 누이에게 하는 것 같은 말투여서 조금 생급스럽기는 하였으나 나는 비칠거리며 따라나섰다. 다른 아이 두어 명도 흥미를 느끼며 뒤따랐다. 녀석들은 두섭이와는 달리 마치 집안에서 큰 소리를 내다가 밖으로 나가 한판 붙으려는 청년들을 구경하는 그런 마음이었을 것이다.

드디어 산꼭대기에 이르렀다. 현규는 늘 앉아서 사진을 찍던 곳으로 사람들을 데려갔다.

“저 봐요!”

숨을 고를 사이노 없이 그는 다짜고짜 산 아래 마을을 가리켰다. 햇살은 따가웠고 날씨는 후텁지근한 편이었다. 뭉게구름 한 자락이 동쪽 하늘 위를 빠르게 지나갔다. 자주 들었던 말이 그의 입에서 쉴 새 없이 흘러나왔다. 동백이 이 마을에 꼭 있어야 한다는 식의 이야기가 한참 동안 장황하게 이어졌다. 그 중에는 이런 말도 포함되어 있었다.

"하느물이라는 마을을 하나의 거대한 저택으로 보만 동백나무 가로 수는 그 집의 중심을 향해 뻗어 있는 영락없는 정원수의 형상이라요. 세상의 좋은 기운, 지혜로움이 동백꽃 가로수 길을 통해 하느물로 들어오고 이곳 사람들의 뜻이 세상으로 뻗어나가는 것도 동백나무 길을 통해서라요."

그는 도통 알아듣기 힘든 연설조의 말로 사람들을 둘러보았다. 아마도 어른들을 설득할 심산이었겠지만 내 눈에는 그저 답답해 보일 따름이었다.

차라리 며칠 전에 두섭이에게 들었던 말이 훨씬 더 그럴듯한 것 같았다.

나는 두섭이에게 물었었다.

"니는 동백나무가 왜 그렇게 좋나?"

"글쎄, 그냥 좋다. 믿음직하고."

내가 별 반응을 보이지 않자 두섭이는 눈에서 나뭇잎을 떼어내더니 조금 심각한 음성으로 중얼거렸다.

"약간 겁이 날 때도 있다."

"겁이 난다고?"

"그래, 내 눈에는 동백나무가 무지무지 높아 보인다."

"높아 보인다는 게 무슨 소리라, 키가 크다는 뜻이라?"

"키도 크지만 뭐랄까, 나이도 많고 가지도 많고 꽃도 무지하게 많아 새들도 버글거리잖아. 하여간 나는 저 동백나무가 이 동네 어른들보다도 높아 보이고 상여집이나 강물 속 흰 바위 밑의 귀신들보다도 무서울 때가 있다. 저 위의 그분보다도 나는 저 동백나무가 더 높다고 생각한다. 너는 그렇게 생각 안 하나?"

나는 고개를 끄덕였다. 저절로 이해가 갔다. 설명이 필요하지도 않았다. 그런데 현규의 말은 그렇지 않았다. 너무 고리타분한 느낌이었다. 사람들을 그럴듯하게 제압하리라는 기대를 품고 거기까지 따라나섰는데 그런 식의 하나마나한 말만 늘어놓다니. 두섭이 역시 실망한 눈치가 역력했다. 하지만 우선은 그의 말을 끝까지 잘 들어보는 수밖에 없었다.

"동백나무는 단순한 가로수가 아닙니다. 게다가 저 끝에 있는 나무다리는 동백나무 가로수와 얼마나 기막힌 궁합을 이루고 있습니까? 이런 나무를 뿌리째 뽑아버린다는 거는 하느물의 기운을 죽이는 것이나 마찬가집니다. 모두 죽어버리자는 것이나 다름이 없는 거라요. 절대로 그런 불행한 일이 일어나서는 안 됩니다."

이번에는 모두들 꽤 그럴듯하다는 듯 고개를 끄덕였다. 나 역시 충분히 공감이 갔다. 바로 그런 말이 필요한 거라는 생각이 들었다. 동백의 운명은 하느물의 앞날과 관계가 있다는 그런 식의 이야기 말이다.

동백의 죽음은 마을의 죽음을 의미하는 거라고 나는 믿고 있었다. 동백이 없는 하느물은 상상할 수도 없었다. 만약 그렇게 된다면 그 많은 이야기와 전설은 무의미하게 사라질 것이고 아이들은 강변에 모여도 할 말이 없는 나머지 아무렇지도 않게 메뚜기의 날개를 뜯고 개구리나 뱀을 죽이면서 서로 헐뜯고 싸우기만 할 것이다. 새들은 먼 곳으로 날아가 다시는 돌아오지 않을 게 분명하다.

그리고 이모는 사랑을 잃고 슬픔에 빠질 것이다. 저 하늘에서 빛나는 태양과 별이라고 해도 무슨 수로 그런 이모를 위로할 수 있겠는가.

한마디로 하느물은 그저 아무런 볼품이 없는 특징 없는 동네가 될 것이다. 누군들 그렇게 되기를 바라겠는가.

그러나 안타깝게도 동백나무에 대한 동정적인 분위기는 그다지 오래 가지 못했다. 누군가

"그분이 온다는 데야……."

하고 말하자 모두들 더 크고 확실한 동작으로 고갯짓을 한 것이었다. 게다가 주의가 산만해진 틈을 타 이장이 산 밑으로 몇 발짝 내려가 주섬주섬 바지를 까 내렸다. 오줌 떨어지는 소리가 들리자 현규는 인상을 쓴 채 말을 중단했다. 어디서 땄는지 두섭이는 벌레 먹은 나뭇잎을 손에 든 채 관찰하듯이 이장의 뒷모습을 이리저리 훑어보고 있었다. 이장은 일을 끝내고 나서도 꿈뜬 동작으로 느릿느릿 바지를 추슬렀다.

"다 맞는 말이네만, 그러니까 말하자면 그 말을 하려고 우리를 이 높은 곳까지 데리고 온 것이라? 그거라?"

"예, 나무가 없으면 이 동네도 없으니까요. 뿔 잘린 황소나 다를 바가 없는 거라요."

"이 사람이 참."

이장은 눈썹을 탱탱하게 곤두세웠다. 그러고는 혼잣말로 중얼거리

는 것이었다.

"다 끝난 얘기를 말하자면 자꾸만 들추어서 도대체 뭘 어쩌자는 거라? 이 동네에 혼자만 사는 것도 아니고 말이지……."

구시렁대는 소리는 조금 난폭하게 들렸다. 드디어 싸움이 터질 것인가. 나뿐 아니라 그곳에 있던 아이들은 초조한 표정으로 어른들을 주시했다. 두섭이는 나뭇잎을 손에 쥔 채 산 아래를 향해 자꾸만 돌을 던졌다.

그때였다. 푸드덕, 새 한 마리가 공중으로 솟구쳐 오르는 것과 동시에 손가락 하나가 허공 위로 쑥 떠올랐다. 뒷집 아저씨가 생각지도 않은 엉뚱한 이야기를 꺼낸 것이었다.

"엇따, 저기 소나무 숲 좀 보게."

그러자 모두들 하던 행동을 멈추고는 소나무 숲을 바라보았다. 현규도 무슨 일인가 싶어 돋움 발을 한 채 시선을 먼 곳으로 돌렸다.

"소나무 숲이 왜?"

"새가 여러 마리 앉아 있잖나?"

"새?"

여기저기서 어디냐며 관심을 드러냈으나 뒷집 아저씨는 "저기!" 하며 애매하게 가리킬 뿐이었다. 몇몇 아이들은 하느물에서 흔히 볼 수 있었던 게 새였음에도 자신에게만 보이지 않는다는 사실을 유난히 못 견뎌했다. 마치 서 있는 자리가 좋지 않아 새를 보지 못하기라도 하는 양 서로 밀치고 난리였다.

나는 조금 황당했다. 새든 뭐든 소나무 숲에 앉아 있는 것이라면 알아보기가 힘든 거리였다. 게다가 우산처럼 되어 있는 소나무 숲은 지붕이 산이 아니라 강을 바라보며 기울어져 있는 편이었다. 아무리 높은 산이지만 소나무 위에 앉아 있는 새를 알아보기란 불가능하다는 것이 내 생각이었다. 그런데도 뒷집 아저씨는 뭐가 보인다며 사람들을 현혹하고 있는 것이었다. 놀라운 것은 그 다음 이야기였다.

"그래, 그런데 저기 맨 앞에 앉아 있는 녀석 두 마리 좀 봐. 귀가 달린 것처럼 보이지 않나? 토끼 귀처럼 벌쭉한 게 새 같지가 않구만."

그러자 말도 안 된다면서 대번에 통을 줄줄 알았던 이장은 한동안 아무 말 없이 멀뚱거리며 소나무 숲을 바라보았다. 그것은 나를 위시한 아이들도 마찬가지였다. 하지만 아무리 눈을 씻고 보아도 새가 보일 턱이 없었다.

"눈도 밝네, 소나무 숲에 앉아 있는 새가 말하자면 여기에서 어떻게 보인다는 것이라?"

"아니, 저기 저 새들이 정말 보이지 않는다는 말이라?"

"그만두게 이 사람아. 새 찾으려다 눈 빠지겠네. 말하자면 그보다는 소나무가 모두 몇 그루인지 세어보는 게 차라리 낫겠네."

"그야 모두 백스물다섯 그루지."

"백스물다섯 그루?"

그것은 아이들도 아는 사실이었다. 물론 나이 먹은 소나무만을 말하는 것이었다. 우리는 종종 숨바꼭질하며 놀다가 나무가 모두 몇 그루인지 세어보곤 했었다. 수십 년, 혹은 수백 년 된 굵은 소나무는 모두 백스물다섯 그루였고 대나무는 가지가 너무 작고 가늘어서 도저히 헤아릴 수가 없었다.

"그럴 리가. 아마도 백오십 그루가 넘을걸?"

"아니야, 백스물다섯 그루일세."

"그럼 그만 내려가서 한번 세어볼까?"

"그러지 뭐."

그러고는 뒤도 돌아보지 않고 산을 내려갔다. 나머지 어른들도 우르르 따라 내려갔다.

"에이 씨이."

소나무 숲에 새 두 마리가 어쩌고 할 때만 해도 솔깃하여 고개를 두리번거리던 현규는 그제야 속은 것을 눈치 채고는 화를 냈다. 나 역시 뒤늦게 어떻게 된 영문인지 깨달을 수 있었다. 하지만 청년들과 어째야 하나 갈피를 잡지 못하는 두어 명의 아이들만 빼고는 모두들 이미 산을 반쯤 내려간 상태였다.

현규는 주머니를 뒤져 담배를 찾다가 빈 갑인 것을 알고는 더욱 화를 냈다. "어리석은 사람들." 어쩌고 하는 식의 막말도 서슴지 않았다. 이마에서는 굵은 땀이 흘러내리고 있었다.

"아유."

잠시 후에 깊고 허탈한 한숨을 몰아쉬면서 그는 땅에 털썩 주저앉았다. 옆에 서 있던 청년이 불붙인 담배를 그에게 내밀었다. 한참 동안

긴 한숨이 담배연기와 함께 내뿜어졌다. 그는 먼 곳을 응시하면서 말 없이 담배만 피워댔다.

두섭이는 그때까지도 나뭇잎에 난 구멍으로 소나무 숲을 바라보느라 정신이 없었다. 얼뜨고 미련한 녀석은 아무것도 눈치 채지 못한 가운데 귀 달린 새라도 찾는 것 같았다. 심지어는 이장이나 다른 사람들이 산 밑으로 내려갔다는 사실도 미처 깨닫지 못한 듯싶었다. 와락 울화가 치민 나는 두섭이를 산 밑으로 냅다 밀쳐버리고 싶은 강한 충동을 느꼈다. 녀석이 데굴데굴 구르다가 바위 틈 같은 곳으로 쿡 처박혀도 상관없는 일이었다. 나는 두섭이의 손에서 나뭇잎을 빼앗았다.

"이 엉터리 같은 자식."

그러고는 나뭇잎을 갈기갈기 찢어서 허공으로 날려버렸다. 한때 녀석이 아둔하기는 해도 나뭇잎으로 뭔가를 보고 있지 않을까, 남들이 볼 수 없는 것을 혼자 몰래 보고 있는 것은 아닐까, 실낱같은 기대를 품고 마음이 부풀었던 내가 백번 어리석었다. 나는 차라리 녀석을 흠씬 패주고 싶은 충동을 느꼈다. 거친 내 행동에 두섭이는 벼락이라도 맞은 듯 멍한 표정으로 입을 딱 벌렸다.

나는 두섭이는 아랑곳 않은 채 주머니에서 마른 맨드라미를 꺼내들고 현규에게 다가갔다. 그러고는 맨드라미를 그에게 내밀었다. 왜 그랬는지는 나도 알 수 없는 일이었다. 그는 힐끔 쳐다보기는 했으나 담배만 피울 뿐 받지 않았다.

며칠 후, 그는 홀연히 동네에서 사라졌다.

18

동백, 사약을 받다

　멀리 하늘을 향해 무례하게 엉덩이를 치켜들고 있는 아이가 보였다. 잘린 동백나무 그루터기를 들여다보느라 넋이 나가 있으리라는 것은 먼발치에서도 어렴풋이 짐작이 가능했다. 그루터기를 밥상 삼아 혹은 부엌이라 여기며 혼자서 소꿉이라도 살고 있는 것인가.

　하지만 한낮에, 그것도 정오 무렵부터 소꿉을 살 수밖에 없다니 누군지는 모르지만 아마도 지독한 외톨이일 가능성이 높았다. 안 그래도 울적한 기분으로 빨래터를 배회하던 참이었다. 나는 천천히 가로수가 있던 길을 걸어갔다. 그루터기에는 하나같이 흙이 뿌려져 있어 이상하다는 생각이 들었으나 별 의심 없이 아이가 있는 곳으로 걸어갔다.

중간도 못 가 그 아이가 두섭이라는 사실을 알고는 조금 실망스러운 느낌이었다. 하지만 호기심도 없지 않아 있었다. 녀석은 며칠 전, 현규에 관한 기막힌 소문을 들은 뒤 나무를 살릴 방법을 꼭 찾고야 말겠다며 공언했던 것이다. 그것도 내 앞에서만이 아니라 아이들이 모두 모여 있는 곳에서였다. 다른 아이였다면 몰라도 그것이 두섭이라는 점에서 아이들은 잠시 갈피를 잡지 못했다. 두섭이라서 믿을 수 있을 것 같기도 했으나 하필이면 두섭이여서 믿을 수가 없었다.

게다가 아이들이 원하는 것은 반드시 동백나무를 되살려내는 것이 아닐 수도 있었다. 아이들은 여전히 흥미로운 무엇인가를 찾고 있을 뿐이었다.

두섭이와 있느니 집으로 되돌아갈까 하는 생각을 하지 않은 바는 아니나 굳이 그렇게 할 필요는 없었다. 기왕 내친김이기도 하였으나 나는 어차피 머지않아 본가로 돌아가게 되어 있었다. 아이들이 놀리려고 해도 그럴 기회는 많지 않을 것이다. 내가 하느물에 다시 오는 일은 아마도 명절이나 방학 정도가 되지 않을까 싶다. 물론 그것도 딱히 정해진 것이 아니라 막연히 그럴 것이라는 짐작에 불과했다.

이모와 외할머니의 표정으로 미루어볼 때 어쩌면 다시는 못 볼 가능성도 없지 않았다. 나는 아버지를 따라 도시로 나가 학교에 다니게 될 거라고 했다. 아버지가 할머니 할아버지와 의논을 거친 후에 그런 결정을 냈다고 했다. 물론 할머니와 할아버지도 함께 간다고 했다. 그렇게 되면 아무래도 외가와는 거리부터가 멀어질 수밖에 없는 일이었다.

외할머니는 외숙모가 6학년이 되면 입으라고 사준 원피스며 책가방을 잘 챙기라는 말을 하면서 눈시울을 붉혔다. 일주일도 넘게 방 안에만 누워 있던 이모는 파리한 얼굴로 지난겨울에 자기가 떠준 목도리도 잊지 말고 가져가야 한다며 손으로 장롱을 가리켰다.

두섭이가 그루터기에 고개를 박고 무엇을 하나, 어느새 나무가 썩어 굼벵이라도 생겼나 궁금해하던 나는 조금 놀라고 말았다. 녀석은 그 위에다 흙을 얹어놓고는 손으로 단단하게 다지는 중이었다. 날씨가 흐리기는 해도 그만큼 더 후텁지근하여 그늘 없는 곳에 앉아 있기란 쉬운 일이 아니었다. 그런데도 녀석은 땀을 흘려가면서 흙을 퍼 올리고 있었다. 마치 시간을 다투어 일하는 이웃집 일꾼 아저씨를 연상케 했다. 내가 물어볼 틈도 없이 두섭이가 먼저 입을 열었다. 고개는 돌리지 않은 채였다.

"이렇게 하면 나무가 살아날 수가 있대."

녀석은 밑동이 잘린 동백나무를 그런 식으로 되살리려는 모양이었다. 나는 멍하니 서 있다가 불만스럽다는 투의 몸짓으로 쪼그려 앉았다. 나무를 살리겠다더니 겨우 이건가 싶었다. 나무에게는 흙이 만병통치약인 것은 사실이지만 그렇다고 죽은 나무까지 살려내는 것은 아니었다. 외할머니는 분명히 나무가 모두 죽었다고 말했다. 천하에 아무리 독종인 나무라도 그 약을 견뎌내지는 못할 거라고 했다. 아카시아 덩굴이 산소의 묏등 안으로 파고들면 어른들은 그 약을 쳤다. 그러면 나무는 머지않아 노랗게 말라 죽었다. 그러니 두섭이는 부질없는 행동을 하고 있는 것이다. 죽은 것을 살리겠다는 자체가 어리석은 소망에 불과했다.

"결국은 사약을 받은 거라."

동백나무가 뿌리만 남은 황량한 거리에서 덕수가 그렇게 이죽거렸을 때 학교에서 집으로 돌아가던 나는 머리끝이 곤두선 나머지 멈칫거리며 걸음을 멈추었다. 다른 아이들도 덕수의 말을 괴상한 의견이라고 여기는 것 같았다. 죽은 동백나무 앞에서 웬 사약?

"임금님이 내린 사약을 선비가 마시지 않아서 동백나무가 이제야 대신 받은 거라고."

덕수가 부연설명을 했을 때에야 말귀를 보다 분명히 알아들은 나는 분통이 터졌다. 말도 안 되는 터무니없는 모함이었다.

동백나무가 잘려나간 흉한 몰골의 거리.

하지만 그분은 오지 않을 요량인 것 같았다. 나무를 자른 지 한 달이 넘고 학교가 개학을 했는데도 그분이 온다는 소문은 오히려 가라앉고 있었다. 그분이 고향을 방문한다는 게 사실인지조차 모호해진 느낌이었다.

어른들은 그분의 동향을 살피려고 날마다 텔레비전 앞으로 모여들었다. 그분은 아주 바쁜 것 같았다. 동남아에 가 있는 것 같아 며칠 동안 축 늘어져 있으면 어느 틈엔가 포항에 모습을 드러냈다. 이젠 머지않았구나 싶어 안달을 하다 보면 어느새 청와대 대통령 집무실이었다.

어른들은 하나둘 의심하기 시작했다.

"공연히 동백나무만 잘라낸 거 아이라?"

이장 탓이라느니, 공무원들이 플라타너스를 팔아먹으려고 하느물 사람들을 속인 거라느니 하는 식의 억측이 난무하고 있었다. 물론 그때까지도 길에다 플라타너스를 심지는 못한 상태였다. 나무뿌리를 손으로 캐낸다는 것은 아무래도 무리였다. 우선 잘라낸 나무의 숨을 완전히 끊기 위해 약을 바른 다음 효과를 기다려 불도저 같은 것을 이용해 땅을 파헤치기로 한 것이다. 새 나무를 심는 것은 그 이후가 될 거라고 했다.

혹여 그분이 하느물 앞을 지나가더라도 차에서 내리지 않는 다음에는 세세한 내막을 알기 힘들 거라는 게 급박한 순간에 사람들이 짜낸 묘안이었다. 마을 앞 그 길은 그냥 가로수 없는 길인 것이다. 플라타너스가 아닌 다른 가로수가 심어진 길과 그냥 가로수 없는 길은 그분에게 있어 천지 차이였을 것이다.

플라타너스를 꼭 심으려고 했다면 아주 불가능한 것은 아니었다. 기왕 불도저를 사용하기로 했으니 날 잡아 밀어버리면 그만일 수도 있었다. 하지만 그런 결정을 내려야 할 만큼 상황이 긴박하지는 않았다. 날이 갈수록 그분의 방문 시점이 모호해진 것이다. 급기야는 정말 오기는 오는 거야, 하는 식의 미심쩍음 같은 게 생겨나 전염병처럼 번지고 있었다.

그 가운데 덕수가 또다시 말도 안 되는 이야기로 아이들을 호도하고 있는 것이었다. 게다가 덕수는 동백을 일본인이 심었다는 의견에 손을 든 아이가 아니었던가. 그래 놓고 지금 와서 얼렁뚱땅 말을 바꾼 채 엉뚱한 소리를 늘어놓다니, 넉살이 좋은 것도 지나치면 뻔뻔스러워 보인다는 것을 나는 어떻게든 덕수에게 깨우쳐주고 싶을 지경이었다.

한 아이가 말했다.

"그렇다면 니 얘기는 오래전의 그 일 때문에 동백나무가 다 죽었다는 거라?"

"바로 그렇지."

덕수가 손뼉을 치면서 좋아했다. 자신의 말을 알아듣기 쉽게 잘 요약한 아이의 머리라도 쓰다듬을 것 같은 기세였다. 모두들 입을 다물고 가만히 있었다. 긍정할 수도 없고 부정하기도 힘든 모호한 순간이었다.

"말도 안 돼. 동백은 그 선비처럼 억울하게 죽은 거라."

옆에 서 있던 인식이가 앞으로 나섰다. 덕수에게 넌더리를 내고 있던 나는 물끄러미 인식이를 쳐다보았다. 동백나무는 운이 없었을 뿐이라고 나는 생각하고 있었다. 하필이면 그분이 지나가야 할 길목에 서 있었던 것, 그게 화를 자초한 것이다. 어쩌면 하느물로 숨어 들어온 선비가 자신이 살던 집 밖에다 나무를 심은 것 자체가 지나친 허세였는지도 모른다. 동백나무도 그 자신처럼 집 안에다 꼭꼭 숨겨놓았어야 했는지도 모른다. 그런데 인식이는 억울하다고 했다. 듣고 보니 그 말에도 일리가 있었다. 어쩌면 그분은 영영 오지 않을지도 몰랐다. 덕수가 날카로운 눈으로 좌중을 훑어보더니 침을 찍 뱉어냈다.

"뭐가 억울해? 잘못을 했으니까 죽은 거지. 선비가 나라에 반역을 한 것처럼 동백은 그분의 심기를 건드린 거라."

"동백은 그냥 나무일 뿐이라. 아무 짓도 하지 않았어."

인식이가 그렇게 소리치는 통에 나는 깜짝 놀랐다. 이미 들은 적이 있던 말이었다. 현규가 내게 했던 말을 공교롭게도 인식이가 덕수에게 그대로 하고 있는 것이었다.

현규는 산 위에서 내가 내민 맨드라미를 받는 대신 그렇게 중얼거렸다. 그것이 그와 내가 나눈 마지막 대화였다. 그는 며칠 후 하느물에서 홀연히 사라졌다.

물론 처음에는 이모 말고는 현규가 사라지든 말든 아무도 신경 쓰지 않았다. 개학 때가 다 되었으니 서울로 올라가서 학교가 어떻게 되었는지 알아보는 게 당연하지 않겠느냐고 생각하는 사람들이 대부분이었다.

호두나무집 아저씨는 아들이 사라진 것을 뜨악하게 여겼다. 어디에 간다는 말이 전혀 없었다는 것이다. 게다가 그의 방 안에는 소지품이 고스란히 놓여 있었다. 다만 사진기와 필름은 보이지 않았고 방 안이 조금 흩어져 있었다.

그런데 현규와 같은 날 사라진 또 한 사람이 있었다. 바로 정오 아재였다. 장에 간다고 나간 이후 그는 집으로 돌아오지 않았다.

정오 아재 때문에 가장 속을 태운 것은 외할머니였다. 농번기에 상일꾼이 온데간데없이 사라졌으니 기가 막힌 일이었다. 아마도 장에 갈 때마다 뻔질나게 약속다방에 드나들더니 바람이 난 게 아니냐는 이야기부터, 여느 젊은이들처럼 일하기가 싫어 도시로 내빼버린 것이라는 것 등 소문만 무수히 흘러 다녔다. 하지만 어린 나의 소견으로도 장가까지 든 아재가 그럴 리는 없었다.

밤이 늦었는데도 잠을 이루지 못한 외할머니가 내년에는 황무지로 나자빠지더라도 절대 그놈한테는 땅을 안 맡기겠다며 분통을 터뜨리고 있을 때 정오 아재가 집으로 돌아왔다는 연락이 왔다. 집을 나간 지 근 열흘 만이었다.

"아이구, 야 야."

보자마자 욕설을 퍼부으며 온갖 화풀이를 다 하리라는 생각은 완전한 오산이었다. 외할머니는 죽었던 아들이라도 살아 돌아온 듯 고무신을 벗어던지며 정오 아재네 안방으로 뛰어들었다. 하지만 거기서 또 한 번 까무러칠 듯 기겁을 하고 말았다. 어디서 넘어지고 자빠졌는지 만신창이가 된 정오 아재는 사람을 알아보지도 못한 채 헛소리만 내뱉고 있었다.

"아이라요, 아이라요."

악몽이라도 꾸는 듯 양 팔을 허우적거리며 계속해 어디론가 달아나는 몸짓이었다. 처음에는 "아이긴 뭐가 자꾸 아이라는 거라?" 하던 정오 아재네 할아버지는,

"아이고 답답해라, 누구라? 누가 널 이래 뚜드려팼나?"

하며 손바닥으로 방바닥을 내리치곤 했다. 자식을 다 버린 건 아닌지 모르겠다는 말에는 지켜보던 외할머니도 눈물을 뚝뚝 흘렸다. 다행히 아재는 삼 일째 되던 날부터 차츰 사람을 알아보기 시작했다. 하지만 정오 아재가 조금씩 털어놓기 시작한 비밀스러운 내막은 실로 어이가 없는 것이었다.

"그놈의 감자 씨 때문에……."

어른들은 처음에 어리둥절하여 서로의 얼굴만 살펴보았다.

정오 아재는 장터에서 일을 다 보고 커피나 한 잔 마실 요량으로 약속다방 계단을 올라가는데 뒤에서 낯선 목소리로 누가 불렀다고 했다. 돌아보니 모르는 중년 남자가 손짓을 하고 있었다. 할 수 없이 돌아서 계단을 내려가는데 갑자기 두어 명이 달려들어 지프차 안으로 아재를 밀어 넣었다. 곧 묵직한 무엇이 뒷머리를 난타했고 그는 정신을 잃었다.

"깨어나 보니……."

아재는 생각만 해도 끔찍하다는 듯 눈을 감으며 도리질을 쳤다.

"깨어나 보니 귀신도 오줌똥을 지릴 것 같은 지하실이더나?"

정오 아재네 할아버지가 바싹 얼어붙은 목소리로 물었다.

"아이라요."

"그럼 어디라?"

"남의 집 헛간 같은데라요."

"헛간?"

"예. 섬 같은 촌동네던데……."

"기막히라. 농번기에 한창 바쁜 사람 잡아다 감옥에 처넣은 것도 아이고 어째서 남의 헛간에다 던져넣었을까?"

그러자 옆에서 듣고 있던 정오 아재네 할머니가,

"아니, 영감은 아들이 감옥에라도 들어갔어야 된다는 거라 뭐라?" 하고 싸울 듯이 다가앉았다.

할아버지는 할머니를 향해 고약하게 눈을 치뜨며,

"누가 그렇다 했나? 사람을 잡아다가 남의 집 헛간에다 집어옇다니까 기가 차서 그렇지."

라며 쥐어박는 소리를 했다. 금세 눈물이 글썽글썽해진 할머니는 정오 아재의 손을 쓰다듬으면서 서럽게 울먹거렸다.

"그래 헛간 안에서 염소 새끼매이로 이불도 못 덮고 잤나?"

그러자 할아버지는 더 이상 참을 수 없다는 듯,

"지금 이불이 문제라? 밤에 비개는 비고 잤는지도 물어보지 왜?"

라며 버럭 소리를 질렀다. 그러고 나더니 할머니를 조금 밀쳐내고는 정오 아재에게 "니 뭘 그래 잘못한 기 있나?" 하고 따지듯이 물었다.

정오 아재는 얼른 도리질을 쳤다.

"아이라요. 다 감자 씨 때문이라요. 아니, 감자 씨도 아이고 그 사진 때문이라요."

"사진? 그기 무슨 소리라?"

"현규가 감자 밭에서 찍은 사진 말이라요. 그게 불온한 거라고."

"얄궂어라, 사진이 사진이지 불온한 사진도 있나?"

"있는 모양이라요."

"그래?"

정오 아재가 끌려가 어딘지도 모르는 동네 헛간에서 짐승처럼 열흘을 살아야 했던 이유는 현규가 찍은 사진이 책에 나왔기 때문이라는 거였다. 물론 정오 아재의 모든 기억은 또렷하지 못하고 어렴풋한 것이었다. 아니, 아재는 세상에 태어나 가장 비참한 일을 겪었는데도 그 이유조차 정확히 알고 있지 못했다. 어떤 말은 앞뒤가 맞지 않아 횡설수설이었다. 다만 그곳에서 계속 도망치려 했었다는 말은 일관성 있게 반복되었다. 밤에 헛간을 몰래 나와 산이고 언덕이고 가리지 않고 무작정 뛰었는데 그러다 보면 어느새 바다가 귀신처럼 하얗게 눈앞을 가리더라는 것이었다. 몸이 만신창이가 된 이유는 도망치다 붙들리고 얻어맞는 일이 날마다 되풀이되었기 때문이었다. 하지만 낯선 사내들로부터 따로 고문을 당하거나 한 건 아니고 그저 한 번인가 책속의 사진을 보여주면서 "이것이 자네 맞나?" 하고 물어본 것과,

"대학생 현규가 이북의 빨갱이였다는 건 알고 있었나?"

하는 생뚱스런 질문을 한 게 전부였다. 사실은 말이 질문이지 그 사람들은 이미 철석같이 그렇게 믿고 있는 것 같아서 아무리 아니라고 한들 소용이 없을 게 분명했다. 그래서 정오 아재는 가타부타 대꾸를 하지 않았다고 했다. 물론 속으로는 천부당만부당한 일이라고 생각하고

있었다. 무엇보다 간첩이라면 현규라는 인간이 그렇게 허술하고 시원 찮을 리가 없는 일이었다.

"동백나무 사진보다 감자 밭에 서 있던 니를 더 문제 삼더나?"

정오 아재네 할아버지는 무슨 큰 비밀이라도 되듯 새삼스레 목소리를 낮추었다. 정오 아재는 고개를 갸웃거리며 잠깐 생각하더니 이렇게 말했다.

"현규한테는 어떨는지 몰라도 저한테는 그랬습니다."

이모는 펄펄 뛰었다.

"내 이럴 줄 알았다!"

나라에서 잡아간 줄 진작 알고 있었다는 뜻이었다. 외할머니는 그런 이모를 불안한 눈으로 쳐다보았다.

그때 이모는 두 사람의 결혼 문제에 상당한 진전이 있었다는 이야기를 처음으로 털어놓았다. 공교롭게도 이모가 최종적인 답을 하기로 한 날 그가 사라졌다는 말을 꺼내면서 이모는 내 앞에서 처음으로 울먹였다. 외할머니의 태도도 퍽 의외였다. 무작정 나서서 "결혼이라니, 빌어먹을 놈." 하면서 악담이나 쏟아놓을 줄 알았더니 전혀 아니었다. 오히려 풀이 죽은 목소리로 한 가지 사실만 줄곧 확인하려고 들었다.

"현규가 너하고 혼인할 마음이 정말 있는 것 같더나?"

"그럼요, 몇 가지 계획도 이미 세워놓았는걸요?"

"계획이라니?"

"뭐, 그런 게 있어요."

이모는 자세히 말하기를 꺼렸다. 놀라운 것은 외할머니의 태도였다. 그마저도 신경 쓰지 않겠다는 듯 넘어가는가 했더니 다음 질문을 하기에 바빴다.

"그래? 네가 결혼하자고 조른 것은 아니고?"

"엄마는 참, 그럴 리가 있어요?"

그러자 외할머니의 눈이 반짝, 하고 빛났다. 이모에게 바싹 다가앉기까지 하는 것이었다.

"그런데 도대체 어디로 사라져 나타나지 않는다는 말이라?"

"그거야 이제는 뻔하지요!"

이모는 무섭게 눈을 부릅떴다가 급기야는 소리 내어 울었다. 영문도 모르게 사진이 찍힌 정오 아재가 저 모양이 되었는데 사진 찍은 당사자는 오죽하겠느냐는 거였다. 외할머니 역시 새파랗게 질린 채 아무 말도 하지 못했다.

현규의 부모는 지서와 면사무소를 날마다 드나들었다. 하지만 현규의 소식은 쉽게 들을 수가 없었다.

그렇지만 현규가 어떻게 되었는지는 분명했다. 그가 어디론가 끌려가 시련을 당하고 있다는 것을 부정하는 사람은 아무도 없었다. 이장도 그것을 인정하는지 호두나무집에 찾아가 떨리는 목소리로 말했다.

"행여라도 지가 민에다 뭘 고자질했다고는 이렇게 생각하지 마세요. 나는 사진은 물론 현규의 이름도 꺼낸 적이 없어요. 겉으로는 내가 현규한테 툭툭거렸지만 그기 다 철들라고 한 소리지 악한 감정이 있었던 건 아이라요."

다행히 이장을 의심하는 사람은 별로 없었다. 하지만 뒤숭숭한 동네 분위기는 가라앉지 않았다. 현규가 돌아오지 않는 한 가라앉을 수가 없는 일이었다.

"이미 죽은 나무가 어떻게 살아난다는 거라?"

나는 두섭이를 향해 따지듯이 물었다. 녀석이 나무를 살리겠다며 엉뚱한 짓 하는 것을 지켜보고 있자니 공연히 부아가 치밀었다.

"구렁이가 저 안에서 뿌리를 잘 지키고 있을 거라고 나는 믿는다."

녀석답지 않은 말투였다. 멀리서 개 짖는 소리가 들려왔다.

"구렁이가 나무를 지킨다는 것은 말짱 다 거짓말이라."

나는 정신 차리라는 의미로 목소리를 조금 높였다. 동백나무가 톱으로 잘려나갈 때 몇몇 아이들은 구렁이를 상상했을 것이라고 나는 믿고 있었다. 나 역시 구렁이가 엄청난 몸뚱이를 드러내 톱을 쥔 사람들을 쫓아주기를 진심으로 바랐던 것이다. 아니, 하늘에서 비구름을 몰고 와 하느물을 물바다로 만들어버렸으면 좋겠다는 생각을 나는 했다. 그렇게 되면 더 이상 부역을 할 수 없게 되고 나무의 수난도 끝나는 것이다. 나무가 무참하게 잘려 나가 더 이상 희망이 없을 것 같을 때에는 구렁이가 뿌리를 잘 지켜내어 내년에는 나무가 다시 싹을 틔우기를 기대했다. 하지만 어른들은 면사무소 공무원의 지시에 따라 베어낸 나무의 그루터기에다 휘발유처럼 생긴 약을 발라버렸다. 거기에서는 곰팡이도 피지 않을 거라고, 어쩌면 독버섯은 자랄 수 있을지도 모르겠다고 말한 것은 이모였다.

"구렁이가 아니었으면 어떻게 나무가 이렇게라도 살아 있었겠나?"

"그게 무슨 소리라?"

"다 뽑혀 나갈 뻔한 나무를 이렇게라도 살려둔 건 모두 구렁이 덕이라, 구렁이 덕에 나무는 아직도 죽지 않았어. 어쩌면 물고기를 많이 먹은 장똘이의 힘센 기운이 그대로 구렁이의 몸으로 옮겨간 것인지도 몰라."

두섭이가 한꺼번에 술술 말해버린 통에 나는 입을 딱 벌리고 말았다. 장똘이도 장똘이지만 녀석이 그렇게 빨리 말할 줄은 미처 몰랐다. 생각해보니 그도 그런 것 같았다. 아니, 그러면 좋을 것 같았다.

"하지만 그렇게 한다고 죽은 나무가 살아나겠나?"

"나무는 죽지 않았어. 난 알아."

두섭이가 단호하게 말했다.

19

희망과 절망 사이에서

"아무래도 서울에 좀 다녀와야겠어요."

어느 날 아침, 머리를 감고 난 이모가 그렇게 말하자 외할머니는 퍽 반기는 눈치였다.

"그래, 바람도 쐴 겸 다녀오너라."

서울에는 왜 가는지를 묻지 않는 게 나로서는 조금 이상했다. 외할머니는 이모가 어디에 뭐 하러 가는지를 늘 신경 쓰는 편이었다. 그런데 이번에는 아예 물어보지도 않고 허락을 내린 것이다. 외할머니는 이번만은 이모를 믿는 것 같았다.

예사롭지 않은 것은 또 있었다. 외할머니는 언제부턴가 두섭이네 집에 발걸음을 하지 않았다. 가만히 보면 두섭이 엄마와 감정이 좋지 않은 것 같았다. 나는 어떻게 된 내막인지 대충은 알고 있었다. 이모와 아픈 정오 아재가 말하는 소리를 우연히 엿들은 것이다.

사실 그 이야기는 누구보다 나를 절망에 빠뜨렸다. 정오 아재가 하는 몇 마디를 듣는 순간 믿어지지 않게도 장똘이가 사라진 날 밤에 있었던 일이 훤히 정리되었다. 그것은 꿈이 아니었다. 실제로 내게 일어난 일이었다. 두섭이 말대로 장똘이를 끌어 묻은 땅에다 오줌을 눈 것은 바로 나였다. 비몽사몽인 상태로 끌려가 부지불식간에 저지른 일이었다. 장똘이가 그 밑에 묻혔으리라는 생각을 하지 못했기 때문에 일어난 일이었다. 일의 전후좌우를 깨닫는 순간 나는 세상에 태어나 처음으로 죽고 싶다는 생각을 했다.

장똘이를 동백나무 밑에다 산 채로 끌어 묻고 그 위에다 열두어 살 먹은 계집아이로 하여금 오줌을 누게 하라고 시킨 사람은 짐작했던 대로 두섭이 엄마였다. 그렇게 해야 이모의 명이 오래 가고 신수도 편안해진다는 거였다.

그 희생양이 하필 장똘이였던 이유는 집안에 저절로 굴러 들어온 사악하고 못된 요물이기 때문이었다. 이모가 누드 사진을 찍고도 잘못을 뉘우치지 않는 것만 봐도 장똘이가 얼마나 큰 재앙을 가져오는 존재인지 알 수 있다고 했다.

그 일을 통해 나는 어른들이 얼마나 희한한 사람들인지를 깨달았다. 그분이 온다고 아름다운 동백나무를 잘라버린 행위나 자식을 핑계로 착하고 순한 닭을 생매장한 것 모두 말도 안 되는 짓이었다. 더구나 내가 그토록 아끼고 소중히 여기는 닭을 인정사정없이 해치워버리다니, 도대체 어떻게 그럴 수가 있는 걸까.

외할머니가 두섭이 엄마와 직접적으로 틀어진 것은 장똘이를 그렇게 하고 났는데도 이모의 신수가 하나도 편안해지지 않았다고 믿기 때문이었다. 게다가 머지않아 동백마저 뿌리가 드러나고 말 테니 장똘이의 가엾은 몸뚱이가 온 동네에 공개되는 것은 그야말로 시간문제였다. 그러면 외할머니의 고상하지 못한 의도도 어쩔 수 없이 폭로되고 마는 것이다.

하지만 그렇다고 하더라도 외할머니가 새롭게 벌어지는 일 앞에서 점을 치지 않고도 불안해하지 않는 것은 신기한 일에 속했다. 더구나 이모가 멀고도 먼 서울에 간다질 않는가. 엄마가 있을 뿐 아니라 내가 단 한 번이라도 가보는 걸 그토록 소망했던 그곳에 말이다.

반면에 그 말을 듣는 순간 나는 조금 흥분이 되었다. 정해진 것 같은 나의 운명이 나는 마음에 들지 않았다. 이모를 따라 서울에 갈 수 있을지도 모르겠다는 기대가 아니, 그랬으면 좋겠다는 열망이 이스트를 잔뜩 넣은 빵처럼 부풀어 올랐다. 하지만 쉽사리 입을 뗄 수도 없는 노릇이었다. 안 돼! 하고 거절을 당할 게 불을 보듯 뻔했다. 아버지가 나를 데리러 오기로 한 날이 며칠 남지 않은 것이다. 그 사실을 번연히 알면서도 막무가내로 졸라댈 만큼 나는 뻔뻔하지 않았다.

"그 뭐냐, 영화구경이라는 것도 가고 오라비들한테 맛있는 것도 좀 사달라고 하고."

오랜만에 외할머니 얼굴에서 생기가 돌았다.

하기는 기가 죽은 채 집 안에만 틀어박혔던 이모였다. 툭 하면 울음을 터트리는 통에 나 역시 그런 이모가 적잖이 걱정스러웠다. 현규와의 일이야 어찌 되었던 이모가 다시 털고 일어나 웃고 떠들며 산으로 들로 돌아다녔으면 했다.

이모는 짐을 챙겨 가방에 넣었다. 현규가 찍은 사진 몇 장이 가방 한쪽으로 숨겨지는 것을 엿보다가 이모와 눈이 마주쳤다. 외할머니는 방 안에 없었다.

"나도 가면 안 돼? 나도 갈래."

나는 이모에게 매달리면서 애원했다. 이모가 "다음에." 하면서 고개를 가로젓더니 무언가를 말할 듯 주저했다. 하지만 곧 입을 다물었다.

"다음에는 무슨……."

나는 그렇게 쏘아붙이듯이 말해놓고는 토라진 듯 돌아앉았다. 이모는 뒤에서 나를 끌어안더니 머리에다 얼굴을 대고 문질렀다.

"서울에 가더라도 엄마를 만나기는 힘들어. 엄마가 미국으로 출장 갔다는 이야기는 들었지? 한 달 가까이 있어야 돌아오는데 이모는 그 안에 하느물로 내려오게 될 거라. 게다가 넌 학교에 가야 하잖아."

"어차피 전학 갈 건데 그까짓 학교는 뭐."

나는 거의 울먹이는 소리로 말했다. 엄마가 미국 가 있다는 사실은 나도 들어서 알고 있었다. 중요한 계약을 위해 외삼촌과 함께 갑자기 출국하게 되었다고 했다. 하지만 왠지 나는 그 말이 믿어지지 않을 때가 있었다. 곧 아버지를 따라가게 된 나를 따돌리려고 까닭 없이 거짓말을 지어낸 게 아닐까. 그런 생각에 깊이 빠지다 보면 어느새 그것은 사실처럼 확고해지는 것이었다. 나는 내 눈으로 직접 확인하고 싶었다.

무조건 차에 올라타고 보는 거야.

나는 단단히 결심했다.

이른 점심을 먹은 다음 이모는 집을 나섰다. 그런데 공교롭게도 외할머니가 계속 따라왔다. 이것저것 부탁하는 말이 어찌나 많고 길던지 금방 끝나지 않았던 것이다. 결국 외할머니는 다리 앞, 차가 멈추어서는 그곳까지 쫓아왔다. 게다가 이것저것 생각할 틈도 없이 서울행 차가 저만치에서 툴툴거리며 다가오고 있었다.

"돌다리도 두드리며 건너듯이 매사에 신중을 기해야 한다."

외할머니가 이모 손을 잡으며 재빨리 소리쳤다.

"알고 있어요, 걱정 마세요."

무슨 신호 같은 말을 주고받은 뒤 두 사람은 손을 놓았다. 그런 다음 야속하게도 이모는 달랑 혼자서 버스에 올라탔고 외할머니는 내 손을 길 밖으로 잡아끌었다. 아마도 버스가 움직일 때 다치지나 않을까 하는 노파심에서였겠지만 나로서는 생전에 한 번 있을까 말까한 절호의 기회를 놓친 기분이었다. 버스가 먼지와 함께 멀어지는 광경을 지켜보면서 나는 울고 싶은 심정을 겨우 눌렀다. 외할머니가 너무 얄미워 다리를 건넌 다음 강으로 뛰어 내려갔다. 그런데 그날따라 나와 노는 아이들이 한 명도 없었다. 나는 물에다 돌을 던지며 혼자 놀다가 깜빡 잠이 들었고 도로에서 들려온 자동차 경적 소리에 놀라 깨어났을 때에는 날이 어두워진 뒤였다. 집으로 가고 있는데 마을회관 앞에 어른들이 모여 있는 게 보였다. 잠깐 서서 듣고 있다가 나도 모르게 칫, 하며 웃음을 터뜨리고 말았다. 어른들은 늘 같은 이야기를 하고 또 했다.

"썩은 감자 씨를 썩었다고 한 기 무슨 잘못이라?"

노인 한 사람이 목소리를 높이고 있었다.

"썩은 걸 썩었다고 하니까 기분이 상한 거라."

"썩은 걸 그럼 썩었다고 하지 곯았다고 하나?"

"썩은 거나 곯은 거나, 거기 그거 아이라?"

그러자 대화는 방향을 잃고 여기저기서 중구난방으로 웅성대는 소리에 시시하게 묻혀버렸다. 이럴 때는 학교 선생님처럼 남의 말을 잘 정리하고 이끌어주는 사람이 있었으면 좋겠지만 하느물에는 그럴 만한 어른이 없었다. 이장이라고 해봐야 구석에서 조용히 듣고만 있다가 마지못한 듯 담뱃불을 끄면서,

"그러게 그런 말을 뭐 할라고 해서는…… 에이 참."

하고는 이야기를 다시 처음으로 돌리면서 투덜거릴 뿐이었다. 하지만 누군가,

"그럼 뭐가 문제라? 뭐가 아니꼬아서 동네 사람들을 이래 잡아다가 배리놓는기라?" 하는 볼멘 소리가 터져 나오면서 분위기가 사뭇 고양되는 듯했으나 누군가,

"내가 그런 것도 아닌데 왜 나한테 대고 소릴 지르는 거라?" 하고 대꾸하는 소리가 들리면서 다시금 산만해졌다.

"하도 답답해서 그러는 거 아이라?"

다행히 싸울 것 같은 분위기는 오래 가지 않았다.

"썩은 감자 씨를 썩었다고 한 건 잘못이 아이지만 사진으로 찍은 거는 큰 잘못이라."

마침내 어떤 노인이 이야기를 이렇게 정리해내자 모두들 신통해했다.

"맞아, 그건 맞는 소리라."

잠시 말이 끊어졌다. 한참 만에 이장이 물었다.

"그럼 이제 우쨌으만 좋겠어요?"

그러자 저마다 한 마디씩 내뱉었다.

"사람부터 살리고 봐야지. 잘잘못은 자꾸 따져서 뭘 하겠나?"

"그렇지."

그때 방금 회관 앞으로 나온 인식이 아버지가 퍽 그럴듯한 말을 해서 그만 집으로 가려던 나까지도 귀가 쏠리면서 걸음을 멈추었다.

"이장하고 멫이서 군수님을 찾아뵙는 건 어떻겠는가요?"

"군수님을?"

"예, 군수님이야 워낙 우리 동네 입장을 잘 이해해주고 계시니까……."

"그것도 그렇겠네."

그렇게 대충 의견이 모아졌다. 동네 사람 몇 명이 군수님을 찾아가 도움을 요청하기로 한 것이다. 누군가 집으로 가기 위해 몸을 일으키면서,

"군수님이 시키는 대로 동백나무도 다 비 제꼈데 뭐."

라고 중얼거렸다. 하지만 아무도 맞장구를 치거나 하지는 않았다.

20

주전자를 든 아이

아침부터 외할머니는 내 짐을 조금씩 꾸리기 시작했다. 방금 전화로 이틀 뒤에 아버지와 장터에서 만나기로 한 약속을 확인하고 난 참이었다. 전화를 먼저 건 이는 의외로 외할머니였다. 나는 무언가 쫓기는 듯 초조한 심정으로 짐을 꾸리는 외할머니를 지켜보았다.

다른 때 같았으면 굳이 짐까지 꾸릴 필요는 없었을 터였다. 집으로 가면 이내 외가로 되돌아오곤 한데다 학교는 아무데서나 가면 되는 일이었다. 하지만 이번은 여러모로 다르다는 것을 점점 커져가는 보따리를 통해 짐작할 수 있었다.

간밤에 엄마가 전화를 걸어왔다. 엄마는 미국이라고 했다. 한 달 예정을 한 출장이 길어져 두어 달은 더 걸릴 것 같다고 했다. 출장이 끝나 한국으로 돌아오면 내가 어디에 가 있든 반드시 만나러 오겠다고 하면서 엄마는 조금 울먹였다. 나는 부끄러움도 잊고 큰 소리로 통곡하고 말았다. 나를 만나러 오겠다는 말이 나는 믿기지 않았다. 외가에 온 지 두 달이 넘도록 한 번 내려오기는커녕 전화조차 뜸했는데 아버지와 함께 사는 나에게 찾아오리라는 것은 애당초 기대하기 힘든 일이었다.

외할머니는 그런 내 심정을 얼마간 눈치 챘는지 그윽한 눈으로 바라보면서 공연히 한숨을 내쉬고는 했다. 그러다가는 참을 수 없다는 듯 나를 와락 끌어안으면서 이름을 불러대곤 하는 것이었다. 이래저래 마음고생이 이만저만하지 않았던 외할머니도 며칠 사이에 폭삭 늙은 것 같았다. 품이 예전처럼 폭신하지가 않고 묵은 삭정이 단처럼 헐거웠다. 나는 더욱더 외할머니 품으로 깊숙이 엉겨들었다. 게다가 나는 자꾸만 머뭇거리고 있었다.

"외할머니."

"왜? 뭐 물어볼 말이라도 있나?"

"저……."

나는 선뜻 입을 열지는 못했다. 물어볼 말이라면 정말 많았다. 이모는 도대체 어디가 어떻게 아픈 건지, 엄마는 왜 이렇게 집에 내려오지 않는 건지, 이모와 현규는 앞으로 어떻게 될 것 같은지…… 하지만 그것보다 더 궁금한 것은 장똘이에 관한 것이었다. 정말 그렇게밖에 할

수 없었는지, 장똘이를 해치는 순간 내 생각은 전혀 나지 않은 건지를
나는 따지고 싶었다. 하다못해 장똘이가 어느 나무 아래 묻혔는지만이
라도 나는 알아야만 했다. 그래야만 편안히 하느물을 떠나 아버지와
함께 하는 삶을 받아들일 수 있을 것 같았다.

"얼른 말해보거라."

너그럽게 반응하는 외할머니가 싫지는 않았지만 그렇다고 안심하
기에는 일렀다. 나는 외할머니가 나를 와락 끌어안았던 그 힘으로 나
를 밀쳐낼 것만 같아 두려웠다. 하지만 나는 입을 열어야만 했다. 그런
데 내 입에서 불현듯 튀어나온 말은 조금 엉뚱한 내용이었다.

"저기 마당에 있는 동백나무를 제가 가져가면 안 될까요?"

"동백을? 왜?"

"키울라고요. 제가 키울 거라요."

나는 장똘이처럼, 혹은 장똘이라고 생각하며 키우고 싶어요, 하고
말하고 싶은 것을 겨우 눌러 참았다. 외할머니는 품에서 나를 풀어놓
더니 의외라는 듯 지그시 쳐다보았다. 하지만 잠깐 무언가를 생각하더
니 곧 시원하게 대답해주었다.

"그러렴, 하지만 저기 뒷밭에 있는 작은 나무를 캐가거라. 마당에
있는 저것은 너무 커서 뽑기도 힘들고 운반하는 것도 힘들 거라. 게다
가 이미 나이가 들만큼 들어서 다른 흙에 묻어놓으면 살 수 있을는지
도 알 수 없는 노릇이고."

외할머니의 눈은 동백나무에 고정되더니 이내 멍해졌다. 쓸쓸하고

슬픈 느낌이 감돌았다. 그 옛날 마을 앞에서 나뭇가지를 꺾어다 주었다는 외할아버지라도 떠올리고 있는 것일까. 나는 그렇게 하겠다며 고개를 끄덕였다. 사실 하필이면 마당에 있는 그 동백나무를 가져가겠다는 생각은 해본 적이 없었다. 얼결에 나도 모르게 튀어나온 말이었다.

하지만 말을 해놓고 보니 하느물의 동백을 가져가는 것이 더없이 중요한 일로만 여겨졌다. 한 그루는 너무 외로울 테니 두 그루쯤 가져가리라고 나는 결심했다. 어디서든 잘 자라는 나무라고 했으니 그 정도면 안심해도 될 것이다. 야무지게 마음을 먹고 나니 뿌듯했다. 동백을 가져가는 일이 마치 오랫동안 계획된 일인 듯 당연하게 여겨졌다.

"나무를 가져가기 좋도록 손을 봐야 할 터인데……."

외할머니가 말했다.

나는 집에서 나와 뒷산에 있는 밭으로 가보았다. 하늘이 낮게 가라앉아 있었다. 처음에는 가져가고 싶은 나무를 눈으로 골라놓겠다는 생각이었는데 막상 밭으로 가보니 생각할 것도 없는 일이었다. 동백나무는 몇 그루가 되지 않았고 거기에서 가져갈 만큼 작은 나무는 누가 보더라도 뻔했다.

산을 내려가다가 내 눈은 한 곳으로 고정되었다. 가로수가 있던 길에 내 또래 아이 하나가 놀고 있는 게 눈에 띄었다. 아마 두섭이일 것이라는 생각이 들었다. 자세히 보지 않아도 녀석은 그루터기 위에다 물을 주고 있을 게 뻔했다. 벌써 며칠째 계속되고 있는 일이었다.

흙을 쌓아올릴 때만 해도 장난인 줄 알았다. 게다가 두섭이의 정성에도 불구하고 그루터기 위에서 파슬파슬 말라버린 흙은 바람에 날리기라도 했는지 별로 남아 있지도 않은 상태였다. 두섭이가 죽은 나무에 집착하면 할수록 오히려 하느물의 비극을 다시 한 번 상기시키는 구실을 할 뿐이었다.

그런데 두섭이는 며칠 전부터 어디서 주워왔는지 볼품없이 찌그러진 주전자에다 물을 떠서 메마른 그루터기에다 뿌려대고 있었다. 그 행동이 얼마나 쓸모없고 가소로워 보였던지 지나가던 동네 어른이 한껏 비웃으며 퉁을 주었다.

"야 이놈아, 그래서 죽은 나무가 살아날 것 같으냐?"

그러자 녀석의 대꾸는 천연덕스러웠다.

"나무는 죽지 않았어요, 목이 마를 뿐이라고요."

나는 잠시 걸음을 멈추었다. 멀리서 희끄무레한 무엇이 작은 언덕처럼 커다란 몸집을 하고 나타나 땅에 몸을 낮게 붙인 채 염탐하듯 마을을 떠돌아다니고 있었다. 구름 같기도 하고 안개처럼 보이기도 했다.

하지만 마을의 윤곽은 분명하지 않았고 생기가 없이 가라앉은 느낌이었다. 하늘도 아니고 땅도 아닌 채 어딘가로 한없이 흘러가던 하느물의 모습은 더 이상 찾을 수가 없었다. 슬레이트를 올린 지붕이 물웅덩이의 장난감배처럼 몸체를 동동거리지도 않았다. 나는 대번에 그 까닭을 알 수 있었다.

나는 장마가 져서 성난 흙탕물이 푹푹 거친 숨을 몰아쉬며 떠내려올 때 난간 없는 다리 한가운데 앉아본 경험이 있었다. 약간의 만용과 담력이 필요한 일이었다. 강물을 노려보는 것만으로도 살 떨리는 한 판의 대결이 되는 것이다. 그 싸움의 한가운데 있어본 사람은 그 까닭을 충분히 짐작할 수 있었다. 다리의 그 자리가 아니면 어지럽지도 않고 물에 역행하여 어딘가로 빠르게 흘러가는 느낌도 가질 수 없듯이 동백나무 가로수가 없는 하느물도 빈껍데기처럼 휑하였다. 그것은 신비감을 잃고 죽을 날을 받아놓은 노인처럼 늙어버린 모습이었다. 나는 도리질을 하며 눈을 감았다. 그리고 이전의 하느물 모습을 상상해보려 했으나 눈앞을 가로막는 것은 오직 캄캄한 어둠뿐이었다.

산을 내려와 집으로 갔더니 마침 외할머니는 보이지 않았다. 나는 부엌으로 들어가 찬장에서 노란색 양은 주전자 하나를 꺼냈다. 볼록하게 튀어나온 배 부분이 조금 우그러지기는 했으나 두섭이 것보다 크고 좋은 것이었다.

나는 봇도랑에 엎드려 주전자에다 물을 담은 다음 낑낑대며 두섭이가 있는 곳으로 향했다. 주전자가 무거워 중간에서 두 번이나 쉬어야 했고 그 때문에 물도 조금 흘렸다.

'녀석이 필요 이상의 반응을 보이면 어떡하지?

'웬일이냐고 물으면 뭐라고 대답해야 하지?'

나는 그런 생각을 하면서 물을 한 방울이라도 덜 흘리기 위해 주의를 기울였다. 내가 녀석의 행동을 좇아 죽은 나무에 물을 준다고 해서 잠시라도 두섭이 저를 좋아한다고 착각하면 곤란한 일이었다. 나는 그저 동백나무가 불쌍하고 장똘이의 안부가 궁금할 뿐이었다. 나무가 한 그루라도 꽃피우기를 바라는 건 비단 나만은 아닐 터였다.

역시 예상대로 길에 있던 아이는 두섭이였다. 그런데 녀석은 물을 주지는 않고 넋 나간 듯 길바닥에 퍼드러진 채 앉아 있었다. 땀과 흙먼지로 얼룩진 얼굴은 가관이었다. 손톱 새에도 흙먼지가 끼어 있었다. 주전자가 워낙 작아서 자주 물을 뜨러 가야만 하는 게 번거로웠을 텐데도 두섭이는 큰 주전자 든 나를 보고도 별로 반가워하는 기색이 아니었다. 게다가 낭패라도 당한 것처럼 찡그린 표정이라니. 나는 섭섭하다기보다는 조금 뜨악했다.

"나무가 다 죽어버린 것 같다."

약간의 시간이 지난 뒤에 두섭이가 그렇게 말했다. 금세라도 울음을 터뜨릴 것 같은 음성이었다. 아닌 게 아니라 그토록 단단하던 나무 밑동은 눈에 띄게 검은빛을 보이고 있는데다 점점 힘과 탄력을 잃은 채 말라가고 있었다. 거기다 큰 나무의 뿌리에서 잡초처럼 비어져 나와 자라던 잎마저 시들하지 않은 것이 없었다. 나무가 뿌리까지 죽어가고 있다는 증거였다. 나는 한참을 말없이 서 있다가 메마른 나무 둥치에다 물주전자를 정성껏 기울였다. 드디어 주전자의 물이 바닥이 날 즈음 두섭이도 일어나 천천히 물주기를 계속했다. 녀석의 코가 쑥 빠져 있는 게 무엇보다도 안됐다는 생각이 든 것은 바로 그 순간이었다.

21

단지(斷指)

밤이었다. 무언가에 화들짝 놀라 눈을 떴더니 집 안에 불이 환히 켜져 있었다. 방 안은 물론 문살이 불긋불긋한 것으로 보아 마루 끝에 달아놓은 전구에도 불이 들어와 있는 것 같았다. 해가 달을 밀어내고 성급하게 솟구쳐 올랐을 리도 없고 보면 이상야릇한 일이 아닐 수 없었다.

"이모! 외할머니!"

하지만 대답은 없었다. 일어나 나가볼 엄두는 도저히 나지 않았다.

나는 잠깐 꿈을 꾸고 있을지도 모른다는 생각을 했다. 종종 그런 일이 있었다. 꿈인지 생시인지 구분되지 않는 일들은 너무 많았다. 특히 밤에 일어나는 일들은 내게 모두 꿈이나 다름없었다. 장똘이가 희생된 배경에도 몽유병 증세와도 같은 나의 잠버릇이 한몫을 단단히 하지 않았던가.

다시 잠을 청하려고 눈을 감았으나 정신은 찬물에 세수라도 하고 난 것처럼 새파랗게 말똥거렸다. 초저녁에 겪었던 그 일이 생생하게 떠올라 나는 이불을 뒤집어썼다.

늦은 밤에 버스로 도착할 예정인 이모 때문에 외할머니와 나는 일찌감치 집을 나서 장터로 갔다. 다리 앞에서 내릴 수만 있다면 장터까지야 갈 필요가 없지만 그게 마음대로 되는 게 아니었다. 서울로 올라가는 차와는 달리 내려오는 차는 승객들이 원하는 장소에다 내려주지 않았다. 그걸 가지고 어른들은 변소에 들어갈 때 다르고 나올 때 다른 법이라고 비유하기도 했다. 차비는 이미 받았으니 운전사가 자기 편할 대로 한다는 뜻이라고 설명해준 것은 이모였다. 결국 외할머니가 장터로 나가는 게 가장 원만했다.

도착 예정 시간을 15분가량 넘긴 후에야 버스가 들어왔다.

"현규 소식은?"

이모는 고개를 가로저었다. 많이 초췌한 표정이었다.

"어떻게 사람의 종적이 이렇게 막연할 수가 있는 건지……."

짐을 다 내린 다음 이모는 쓸쓸하게 중얼거렸다. 커다란 가방과 박스 포장된 것은 들기도 힘들었다. 문화상회로 찾아갔더니 마침 김씨가 가게 안에 있었다. 할머니가 차를 좀 태워달라고 하자 그는 열쇠를 들고 따라 나왔다.

파란색 삼륜차에다 짐을 싣고 있는데 어둠 속에서 이장과 호두나무집 아저씨가 다가와 집에 가느냐고 물었다. 두 사람은 술을 한 잔씩 걸친 얼굴이었다.

"예, 같이 갑시다."

호두나무집 아저씨는 이장과 함께 군수를 찾아갔다 오는 길이라고 했다.

"그래, 만났어요?"

"만나기는요."

호두나무집 아저씨는 땅이 꺼져라 한숨을 내쉬었다. 아들이 죽었는지 살았는지 알기라도 하자는 게 호두나무집 아저씨의 소망이었다. 하지만 군수를 만나기는커녕 군 사무소 안으로는 들어가 보지도 못한 모양이었다. 경비실에서 군수님이 아직 돌아오지 않으셨다고 한 말만 믿고 인근 다방에서 기다리다가 퇴근 시간이 지나서야 포기하고 집으로 돌아오기 위해 차를 탄 거라고 했다.

두 아저씨는 짐칸에 올라탔다.

그런데 가로수가 있던 길을 절반쯤 지났을 때였다. 나는 자리가 좁아 이모와 외할머니 사이에 끼어 겨우 숨만 쉬고 있던 중이었으나 갑자기 차가 덜컹 하면서 흔들리는 것을 느꼈다. 그것은 물컹거리는 어떤 것을 짓밟고 지나가는 느낌과도 유사했다. 처음에 나는 "이상해"라고 작은 소리로 중얼거렸으나 곧 나도 모르게,

"사람이 치었어요. 차를 세워요!"

하고 고함을 질렀다. 사람을 치다니 내 자신도 놀랄 만한 말이었다.

"야가 뭐라 하나?"

역시 좁은 자리에서 꿈쩍도 하지 못하던 외할머니가 나를 돌아보았다. 하지만 내가 느낀 긴박감과는 달리 외할머니는 너무 심심한 표정이었다.

"사람이, 사람이……."

나는 다시 한 번 소리쳤다. 하지만 어른들은 쉽사리 믿으려 들지 않았다. 멀리서 소쩍새 우는 소리가 들렸다.

"무슨 소리라?"

이모까지 그렇게 물었다. 그러면서 자리가 불편한 것에 대한 투정이라 여겼는지 조금만 참으라고 했다. 나는,

"사람이, 사람이……."

하면서 울음을 터뜨렸다. 어떤 나약한 짐승이 다치는 것을 나는 틀림없이 느꼈다고 믿었다. 아니, 느낌이라기보다는 두 눈으로 똑똑히 지켜본 것 같았다.

삼륜자동차는 이내 마을 회관 앞에 도착했고 나는 이모를 떠밀어내면서 얼른 차에서 내렸다. 내가 다시 한 번 울먹이려고 할 때 외할머니가 내 등짝을 아프게 후려쳤다.

"입 다물어라."

나는 외가로 들어서면서도 삼륜자동차의 불빛이 가로수 길을 지나

가는 것을 불안하고 떨리는 마음으로 지켜보았다. 그러고 얼마 뒤 나는 잠자리에 들었고 방금 깨어나 다시 뒤척이는 중이었다. 무언가 선뜩한 기운이 나를 자꾸만 쪼그라뜨리고 있었다.

시간이 지날수록 점점 더 정신이 말똥거렸다. 정말 이상한 일이 아닐 수 없었다. 아침마다 외할머니와 이모가 번갈아가며 깨워도 겨우 일어났던 내가 아니던가. 게다가 먼 곳에서는 개 짖는 소리가 불길하게 들려오는 중이었다. 간간이 곡소리도 들렸지만 그 또한 정체가 분명하지는 않았다.

"외할머니! 이모!"

대답이 없기는 이번에도 마찬가지였다. 점점 가슴 속에서 스멀스멀 감정 같은 게 생겨났다. 나는 불빛을 피해 이불 속에서 다시 한 번 몸을 뒤척였다. 하지만 이불이 워낙 얇았던 탓에 그 안에까지 불빛이 스며들었다. 아니, 불빛은 내 콧등까지 올라와 있었다. 이번에는 몸을 엎드린 다음 가만히 있었다.

골목에서 발자국 소리가 어지럽게 들리다가 흩어지는 것 같았다.

"이유, 세상에 어쩌면 좋아!"

"말도 안 되는 일이…… 세상에, 세상에."

그와 비슷한 소리를 들은 듯도 싶었다. 목소리는 절반쯤 울부짖는 듯했다. 다행히 외할머니는 아니고 훨씬 젊은 여자들의 음성이었다. 나는 더 참지 못하고 이불을 와락 걷어붙였다. 그러고는 주섬주섬 옷을 갈아입고는 마루로 나왔다. 그제야 무언가 큰일이 났다는 실감이 분명하게 들었다. 앞집은 물론 대부분의 집이 불을 켜놓고 있었다. 전기세가 무서워 초저녁만 되어도 온 동네가 불을 끈다는 사실에 비추어 보면 예사롭지 않은 일이었다.

"외할머니! 이모!"

마루에 걸터앉자마자 나도 모르는 사이에 울먹이는 소리가 터져 나왔다. 그 순간 의지할 사람이라고는 외할머니와 이모뿐이었으나 당장 곁에 없다는 사실이 참을 수 없을 정도로 견디기 힘들었다. 가족의 부재는 밤이라는 상황에서 느끼는 무서움이나 공포 외에 또 다른 두려움을 낳았다. 누군가에게 무슨 일이 생긴 것은 아닐까.

하지만 가위눌린 듯 집 밖으로 나설 엄두는 도저히 나지가 않았다. 그 가운데서도 이건 꿈인 거라는 생각이 자꾸만 들었다. 어둠 속에서 환하게 빛나는 불, 시끄러운 사람 소리, 다급한 발자국 소리, 얄궂은 풀벌레 소리, 개 짖는 소리, 설명하기 힘든 무언가가 점점 가까이 다가와 머리끝을 곤두서게 하는 느낌, 좋지 않은 예감…… 혹시라도 내가 물속 바위 안으로 들어와 있는 것은 아닐까. 내내 어둡다가 불현듯 환해진다는 그곳. 그때마다 들린다는 정체 모를 사람들의 말소리. 부스스 온몸에서 딱딱한 소름이 돋아났다. 나는 귀를 틀어막았다. 그것만이 무서움을 잊는 유일한 방법이었다. 입가로는 침이 흘러내렸다. 그러다가 가끔씩 바깥에 주의가 기울여져 잠시 손을 떼고 귀를 기울이면 아이고, 아이고, 하는 통곡 소리가 들려왔다. 그 소리는 마치 내 가슴

속에서 들리는 듯 생생했다.

　얼마 후에 외할머니와 이모가 서로의 부축을 받으며 집으로 돌아왔다. 두 사람은 여름인데도 팔짱을 두른 채 연거푸 몸서리를 쳤다. 몸이 으슬으슬하기라도 하다는 식이었다.

　"이 동네도 이제 운이 다 한 것 같다."

　외할머니가 그렇게 중얼거리며 마루에 걸터앉자 이모도 "그러게요." 하면서 한숨을 쉬었다. 두 사람 모두 나 따위야 일어났든 말든 관심도 없는 것 같았다. 무서운 나머지 혼자서 얼마나 속을 태웠는지는 조금도 신경 쓰지 않는 표정이었다. 그 때문에 나는 감히 무슨 일인데요, 하고 물어보지 못했다. 입 밖으로 튀어나오던 투정과 불만조차 놀라서 도로 기어들어갔다.

　가족들이 돌아오자 안심이 되기는 했지만 이상스레 두려움이 모두 가시지는 않았다. 외할머니의 태도도 아주 이상했다. 정신 나간 듯 자꾸만 "아이고, 아이고." 하는 게 듣고 있기가 너무 힘이 들 정도였다.

　"잠시라도 눈을 붙이야지."

　외할머니가 그렇게 말했지만 이모는 이모대로 그대로 앉아서 일어나지 않았다. 두 사람은 마루 끝에 멍하니 앉은 채, 등불이 바람에 흔들릴 때마다 생겨났다 사라지곤 하는 마당의 검은 그림자를 하염없이 내려다보고 있었다.

　방으로 들어간 나는 그 뒤로 한참을 어둠 속에서 떨다가 잠이 들었던 것 같다. 나는 아무 것도 알지 못한 채 잠든 것이다. 그 밤에 웬 소동인지, 도대체 무슨 일이 일어난 것인지를 외할머니도 말해주지 않았고 나 역시 굳이 묻지를 못했다. 그 때문인지 이후의 꿈자리는 몹시 뒤숭숭했다.

다음 날 아침에서야 나는 간밤에 무슨 일이 일어났는지를 상세히 알 수 있었다. 너무 기가 막히고 믿기지 않아 나는 바보처럼 입을 벌린 채 가만히 있었다. 어디선가 "정말이라요?"라는 물음이 솟구쳐 올랐으나 내 입은 남의 입처럼 말을 듣지 않았다.

한밤중에 덕수는 상식이와 인식이를 오토바이에 태운 채 동네로 돌아오고 있었다. 주변에 익지도 않은 풋사과 몇 개가 떨어져 있는 것으로 보아 세 아이들은 타동네 과수원으로 서리를 나간 모양이라고 했다.

오토바이 엔진 소리를 처음 들은 사람은 한밤중에 일어나 변소에 가려고 마루로 나왔던 길갓집 아저씨였다. 가끔 있던 일이라 아저씨는 무심하게 볼일을 보았을 뿐 길가 쪽은 쳐다보지도 않았다. 그런데 한 순간 비명 소리와 함께 와장창 깨지고 부딪치는 소리가 폭발음처럼 들려왔다. 길갓집 아저씨가 가로수 길로 달려 나갔을 때에는 모든 윤곽이 어둠 속에서 희미하게 몸을 움츠리고 있었다.

오토바이 맨 뒷자리에 앉았을 것으로 짐작되는 상식이는 머리에서 피가 너무 많이 흘러 생명이 위독하다고 했다. 인식이와 덕수도 다리가 부러지는 등 크게 다친 모양이었다. 그런 세 아이들을 어른들은 기껏 경운기에 태워 병원으로 싣고 갈 수밖에 없었다.

그 뒷이야기가 내게는 더 큰 충격이었다.

덕수가 사고를 낸 이유는 아마도 동백이 있던 가로수 길 한복판에 누워 있던 사람을 발견하고 급하게 핸들을 틀었기 때문인 것 같다는 게 현장을 세세히 살펴본 사람들의 대체적인 의견이었다. 길에 누워 있던 사람은 놀랍게도 두섭이였다. 녀석은 똬리를 틀듯 몸을 오그라뜨리고 있어서 사람들조차 처음에는 짐승인 줄 알았다고 한다. 몸을 바로 폈을 때에는 이미 숨이 끊어져 있었다. 그런데 사람들을 놀라자빠지게 한 것은 두섭이의 손가락이었다. 녀석의 손가락 몇 개는 끝 부분의 살점이 예리하게 베어져 나간 상태였다. 피를 얼마나 흘렸는지 두섭이의 얼굴은 온통 핏기가 사라진 창백한 모습이었다.

두섭이는 누가 봐도 오토바이 때문에 죽은 것 같지는 않았다. 덕수가 운전한 오토바이가 두섭이를 직접 친 것 같은 흔적은 발견되지 않았다. 물론 자동차에 치이지도 않았다는 게 이모의 설명이었다. 안 그래도 전날 저녁 삼륜차 안에서 내가 했던 말이 마음에 걸려 이모는 죽은 두섭이를 세세히 살펴보았다고 했다. 손가락 말고 두섭이의 몸에는 아무런 상처도 없었다. 심지어는 입고 있던 옷에 흙이 묻어 있지도 않은 상태였다.

그렇다면 간밤에 삼륜차 안에서 내가 느꼈던 그것은 무엇이었을까. 헛것이라도 보았다는 말일까. 그때 그 시간 두섭이는 도대체 어디에 있었을까.

아니, 두섭이는 왜 한밤중에 짐승처럼 길에 누워 있었을까. 녀석의 손가락은 어째서 그 모양이 되었던 것일까. 점쟁이였던 두섭이 엄마조차 짐작하지 못했던 일이고 그 이유조차 알지 못한다고 했다.

나는 아침을 먹은 뒤에 아버지를 만나러 가기 위해 경운기에 올라탄 채 쓸쓸히 마을을 나왔다. 아버지를 보는 게 불편했기 때문인지 이모와 외할머니는 따라나서지 않았다. 정오 아재네 할아버지가 경운기를 운전했다.

경운기에는 내 짐과 어린 동백나무 두 그루도 실려 있었다. 나는 사고가 난 것으로 짐작되는 곳에 이르기도 전에 두섭이가 죽은 이유를 어렴풋이 알 것 같은 느낌이 들었다. 썩어가는 동백나무 그루터기에는 정체가 모호한 액체가 검게 방울진 채 떨어져 있었던 것이다. 나는 짐작이 가면서도 할아버지한테 물어보았다.

"할아버지, 저게 도대체 뭐라요?"

"글쎄다. 나무마다 떨어져 있구나, 핏방울 같기도 하고……."

아재네 할아버지는 경운기 속도를 늦추면서까지 얼룩에 관심을 보였지만 이내 시선을 거두어들였다. 하찮아 보이는 나무 얼룩에 마음을 빼앗기기에는 간밤에 겪은 악몽의 잔상이 아직은 눈앞을 어지럽히고 있는 탓이었다. 하지만 나는 할아버지가 "핏방울 같기도 하고……."라며 말하는 순간 왈칵, 하고 속에서 무언가 치밀어 오르는 것을 느꼈다. 나는 울음을 삼키려고 소나무 숲으로 눈을 돌렸다. 숲이 거대한 무덤처럼 보였다.

나뭇잎으로 보면 장똘이가 어디에 있는지 알 수 있나?

이상하게도 그에 대한 대답을 듣지 못한 것 같은 느낌이 들었다. 그리고 두섭이에게 못 다한 말도 많은 것 같았다.

아니, 매년 두섭이의 생일날만 되면 나타나 이상한 새소리로 사람들을 놀라게 하는 떠돌이 광녀의 어두운 전설이 진저리나도록 싫게 느껴졌다.

옛날에 오래 누워 있던 환자에게 마지막 방편으로 단지를 하여 핏방울을 입 안에 떨어뜨려 넣었듯이 두섭이가 손가락을 베어 죽어가는 동백나무에다 한 점 한 점 마음을 다해 뿌리고 있는 모습이 우중충하고 빛바랜 사진의 한 조각처럼 눈앞에 펼쳐졌다. 녀석은 아무에게도 이해받지 못한 채 작별인사도 없이 그렇게 저세상으로 가버렸다. 나는 껑껑대며 울다가 경운기에서 뛰어내렸다. 강으로 달려갔더니 미순이와 윤보도 나와 있었다.

두섭이가 죽었다면 갈 만한 곳은 단 한 군데였다.

물속 흰 바위 아래, 귀신들이 사는 세상…….

물은 차가워 보였다.

미순이가 강둑에서 나뭇잎을 잔뜩 뜯어 오더니 내게도 나누어주었다. 그러고는 강물 위에다 한 장 한 장 그것을 뿌렸다. 나도 나뭇잎을 띄웠다. 벌레 먹은 것도 있었지만 그렇지 않은 것이 더 많았다. 하지만 상관없다는 생각이 들었다. 나뭇잎만 있으면 두섭이는 어디서든 길을 잃지 않을 것이다.

우리는 더 많은 나뭇잎을 뜯어와 물에다 자꾸자꾸 뿌려주었다.

　작은 종이배처럼 동동거리는 이파리를 바라보면서 저건 단지 두섭이가 눈에 대고 바라보던 그 나뭇잎이 아니라 한 편의 이야기라는 생각이 들었다. 동백나무에 얽힌 우리들의 이야기가 마을을 벗어나 어딘지도 모르는 곳을 향해 떠나가고 있었다.

역사의 상처에서 동화적 세계로

박대현
(문학평론가)

1. 역사의 상처와 치유의 방식

남상순의 소설은 유년의 기억에 본질적 뿌리를 두고 있다. 그의 서사적 충동은 유년의 원체험 속에서 발생하는데, 이것은 어린아이가 주로 서술자로 채용되고 있다는 점에서도 쉽게 확인된다. 이를테면, 그의 등단작 〈산 너머에는 기적 소리가〉뿐만 아니라, 《흰 뱀을 찾아서》나 〈수염 없는 고양이〉의 서술자는 어린아이이며, 〈호각 소리〉와 〈죽음의 무늬〉는 어린 서술자가 등장하지 않지만 주로 성장기의 기억에 관한 것이다. 대학 시절의 학생운동에 관한 작품을 제외한다면, 그의 소설은 일그러진 가족사로 덧칠된 유년과 긴밀한 관계를 맺고 있는 셈이다.

남상순의 소설에서 어린 서술자는 작가의 필요에 의해 만들어진 단순한 서사적 장치가 아니다. 그의 소설에서 어린 서술자는 유년의 원체험적 서사공간을 복원하기 위한 보다 본질적 장치로 작동하기 때문이다. 그의 서사는 본능적으로 유년의 기억을 향해 있고, 목소리는 어느덧 아이의 것이 된다. 가족 콤플렉스가 그의 소설 속에서 서사적 모티프로 지속적으로 발견되는 것은 바로 여기서 비롯되는 문제이기도 하다. 특히 아버지와의 불화는 남상순의 서술자를 계속 유년에 머물게 하는 중요한 기제로 작용하는데, 〈죽음의 무늬〉에서 구체적으로 제시되고 있는 아버지와의 끔찍한 갈등(이를테면 "결혼식장에서 아버지 팔짱을 끼어야 할 거라는 공포감" 때문에 남자를 떠나보낸)은 그의 서사적 충동을 풀무질하는 원체험의 존재를 방증한다고 볼 수 있다.

그러나 남상순의 소설은 결코 단순한 가족 콤플렉스로 끝나지는 않는다는 점에서 보다 깊은 서사의 층위를 확보한다. 유년의 공간을 어둡게 채색하는 가족사는 왜곡된 역사의 상처와 서로 긴밀히 스며들기 때문이다. 특히 《흰 뱀을 찾아서》는 역사적 기억을 끌어들임으로써, 가족 콤플렉스를 제재로 한 소설들이 지닐 수밖에 없는 쇄말주의의 한계를 훌쩍 뛰어넘는다. 가족사의 심층에 자리한 왜곡된 역사의 폭력과 그로 인한 상처를 드러냄으로써 쇄말주의적 가족사는 개인과 역사를 아우르는 서사의 폭과 깊이를 확보할 수 있었다. 그리하여, 역사의 실체에 눈뜨는 성장 과정을 매우 섬세하게 드러내는 어린 서술자의 먹먹

한 울분은 폭압적인 현대사를 구체적인 가족사 속에서 깨닫게 된 결과임을 충분히 공감케 하는 것이다.

그에게 '유년'은 천천히 곱씹어야 할 기억의 질긴 육질과도 같다. 마치 복기하듯, 아버지의 부재로 인한 유년의 상처를 그는 천천히 곱씹는다. 그리하여 유년의 상처가 역사적 기억과 만나 회오리 돌 때, 그의 소설은 늙수그레하고 느릿느릿한 서사의 깊이를 얻게 된다. 반면에 유년을 벗어난 그의 서사는 그만의 특색을 잃고 만다. 예컨대, 《나비는 어떻게 앉는가》나 〈악연〉과 같은 1980년대의 대학가 운동을 소재로 한 그의 소설이 성공적이지 못했던 사실을 떠올린다면, 그에게 서사적 확장은 손쉬운 일이 아니었음을 짐작할 수 있다. 이는 무엇을 말해주는가? 남상순의 소설에서 역사적 기억은 유년의 상처를 경유하지 않고는 형상화가 힘들다는 점을 말해준다. 다시 말해, 그의 역사적 상처는 유년의 기억과 일체화된 것으로, 보다 본원적인 성격을 지닌 것이다.

그는 한동안 동화와 청소년 소설을 통해 유년을 치유하는 과정을 밟아왔다. 이는 유년의 상처를 들여다보는 세계관의 변화를 의미한다. 그는 유년의 상처를 들여다보고 치유하고, 상처와 화해함으로써 따뜻하고도 새로운 서사의 길을 열 채비를 하고 있었던 것이다. 이러한 유년에의 태도 변화는 그의 서사적 변화를 충분히 예견할 수 있게 한다. 무엇보다 단순히 유년으로의 퇴행적 회귀가 아니라 유년의 상처 위에 새살을 돋게 하는 서사적 변화라는 점에서 주목하지 않을 수 없다.

신작《동백나무에 대해 우리가 말할 수 있는 것들》(이하《동백나무》로 약칭)은 서슬 퍼런 독재정권을 시대적 배경으로 하고 있지만, 역사적 상처를 드러내면서도 유년의 동화적 세계를 돋을새김한다. 역사적 상처와 완전한 화해를 이루지는 못했지만, 그의 소설은 이전과는 다른 의미 있는 변화를 보여주고 있는 것이다.《동백나무》는 농민을 국가와 일체화하고 그 잉여물을 폭력적으로 삭제함으로써 발생하는 존재의 환부를 보여주는데, 정치적 저항의 자리뿐만 아니라 탈정치적 자리에서도 그 흔적이 뚜렷이 남아 있다. 탈정치적 자리란 바로 '동백나무'로 상징되는 생명의 세계이자, 아이들의 동화적(물활론적) 세계라 할 수 있다. 그의 소설은 궁극적으로 이 세계를 향해 가는 욕망과 좌절을 보여주기 시작하는 것이다.

2. 근대적 국민의 호명과 상처―새마을운동과 동백나무의 죽음

《동백나무》는 근대적 국민을 호명하는 상징적 권력인 '그분(박정희)'의 공포의 지배 양식, 그리고 바로 이 때문에 평화로운 일상이 박탈당하는 근대 정치사의 한 지점을 '하느물'을 통해서 정확하게 보여준다. 이 소설은 간단히 말하면, '그분(박정희)'이 방문한다는 풍문으로 인해 마을의 동백나무가 모조리 잘려 나간 유년의 '하느물'에 대한 이야기이다. 이 소설에 그려지는 유년은 한국의 근대화가 본격적으로 진행되면서 독재권력이 구체적 일상 속에 미시적으로 침투하던 시기이다. 《동백나무》에서 형상화되는 유년의 아름다움은 독재로 인한 근대화의 획일성에 점염되어 있는데, 하느물 사람들은 마을 재래종인 '자주감자' 대신 개량품종 감자 씨를 심었다가 농사를 망치기도 하는 것이다. 이와 같이 하느물 마을은 지나간 시대의 역사적 풍경이 선명하게 음각되어 있으며, 어린 서술자의 눈을 통해 다소 희화적(戲化的)으로 그려지고 있다.

평화로운 '하느물'은 박정희의 순시에 대한 풍문으로 인해 시끄러워진다. 박정희가 마을 근처를 지나간다고 해서 행해지는 마을 재정비 사업 때문이다. 마을 재정비 사업은 박정희 정권이 주창한 새마을운동과 무관하지 않을 수 없는데, 주지하다시피 새마을운동은 근대적 국민 만들기라는 미명하에 단행된 농민의 정신 개조 운동이었으며, 국민의 다수를 차지하는 농민의 지지를 끌어올리기 위한 정치적 전략이기도 했다. 다시 말해, 국가와 농민의 일체화를 통해 농민을 독재정권의 근대적 주체로 호명하기 위한 정치적 전략이었던 것이다. 박정희의 순시에 대한 풍문은 내면화된 규율을 작동시킨다. 마을의 전근대적 잔재였던 상여집이 허물어지고 그 마을의 자랑거리인 동백나무들이 모두 뿌리 뽑히게 된 것은 새마을운동에 내재된 국가권력이 내면화되고 작동된 결과이다.

그렇다면, 동백나무는 왜 뽑혀져야 하는가? 이에 대한 의문과 갈등이 마을에서 가만히 자라나고 있는 동백나무와 아이들의 세계를 전경화한다. 동백나무를 제거하는 이유는 명확히 드러나지 않지만, 가로수

로서는 동백나무보다 플라타너스가 적절하다는 국가적 지침 때문이
라는 것이 마을 사람들의 전언이다. 동백나무가 새마을운동과 맞지 않
다는 것인데, 이는 새마을운동이라는 근대화사업이 농촌 사회에 강요
한 획일성의 한 단면이라 할 수 있다.

상여집은 누가 봐도 흉하지만 동백은 오히려 정반대였다. 동백을 싫어하
는 사람이 있다면 그가 바로 이상한 사람인 것이다. 비웃듯이 실컷 웃고 난
상식이 아버지가 말귀 어두운 사람에게 하듯이 목소리를 또박또박 끊어서
말했다.
"아유, 그게 아니고요, 동백은 새마을운동에 어긋나는 거잖아요."(64쪽)

동백나무가 새마을운동에 어긋난다는 해괴한 논리는 상부 권력으
로부터 군수에게 하달된다. 군수는 마을 사람들에게 동백나무를 베어
버리는 부역에 참여할 것을 강요하고 대부분의 마을 사람들도 이에 동
참한다. 새마을운동이 한창이었던 1960년대에 국가부역에의 동원이
얼마나 강제적이었는지는 따로 말할 필요가 없으리라. 그 당시 횡행했
던 강제적 동원명령 체계 속에서 '하느물' 사람들은 조용히 순응하고
있으며, "세상 천지에 환갑 지난 안노인한테 부역시키는 나라가 어디
있어요?"라는 대학생 현규의 불평만이 들릴 뿐이다. 재밌는 것은 박
정희는 결코 이 소설에 등장하지 않고, 풍문으로만 존재하고 있다는
점이다. 이는 박정희라는 상징 권력이 농촌에서 내면화되고 작동되는

한 양상을 보여주고 있는 것이다. 마을 사람들은 박정희의 풍문, 혹은 박정희의 뜻을 새삼 반추하면서, 그리고 군수의 접대에 감격해하면서 동백나무를 대대적으로 뽑기 시작한다. 마을 사람들과 순박하게 자라 왔던 동백나무는 정치적으로 '순박한' 마을 사람들에 의해서 일거에 뽑혀 나가고 아이들은 그러한 상황에 대해서 그야말로 속수무책이다. 마을 사람들은 '그분(박정희)'이 온다는 사실 하나만으로도 의당 동백 나무는 뽑혀야 한다고 믿고 마는 것이다.

동백나무는 박정희의 정치적 전략의 하나였던 새마을운동 속에서 는 쓸모없는 '왜색(倭色)' 나무에 지나지 않는다. '하느물'의 동백나 무는 일본에서 들여온 것이어서 제거해야 하며, 이미자의 〈동백 아가 씨〉가 금지곡이 된 이유 역시 같은 맥락에서 마을 사람들의 입에서 회자된다. 나무가 왜색이라고 해서 모두 잘라내야 한다는 것은 일본 엔카(演歌)와 곡풍이 유사하다는 이유로 이미자의 〈동백 아가씨〉를 금지한 처사와 하등 다를 바 없는 경직된 정치적 상상력일 뿐이다. 그 러나 1970년대의 정치적 분위기는 국가적 통제가 국민정신 개조라는 미명하에 이루어졌으므로, 비논리적 정치적 상상력의 현실화는 비일 비재했다. 〈동백 아가씨〉가 금지곡이 된 진짜 이유가 독일 간첩단 조 작사건이었던 동백림사건을 연상시키기 때문이라는 말도 있고 보면, 권력자에게서 분출되는 정치적 상상력은 그 자체가 국가적 규율로 작 동했던 셈이다. 동백림사건, 동백아가씨, 동백나무, 빨갱이…… 이런 '비논리적' 연상 작용에 의한 정치적 상상력 역시 '논리적'으로 통했

던 것이 당시의 정치적 상황이었으니 말이다. 어쨌든 동백나무는 박
정희의 순시가 있다는 풍문에 따라 어이없이 그 마을에서 잘려 나가
버리고 만다.

'하느물' 사람들은 약간의 분란이 있긴 했지만, 동백나무의 죽음을
그다지 안타까워하지 않는다. 개량종 감자 씨로 인한 흉작에 대한 불
만조차도 '그분'에 대한 생각을 근본적으로 바꾸어놓지는 못한다. 정
치적으로 순박한 '하느물' 사람들은 동백나무의 죽음을 '그분'의 높
은 뜻으로 수용하고 마는 것이다. 물론, 동백나무의 벌목을 반대하고
개량종 감자 씨에 대한 농민의 절망을 사진 작품으로 고발한 대학생
현규가 있긴 하지만, 현규조차도 '하느물'에서는 주변적 인물이다. 수
사기관에 의한 현규의 행방불명은 '하느물'에서 초점 없이 떠도는 부
유물일 뿐이다. 부유물로서, 역사의 상처는 여전히 남아 있다. 다만,
그것은 유령화된 역사의 상처이자 기억이다. 역사의 유령을 불러냄으
로써 남상순은 다시 왜곡된 역사의 한 부분을 환기한다. 그것은 서사
의 전면에 내세우지 않고 주변화함으로써 지나간 역사의 상처에 대한
반성과 성찰을 역설적으로 함축한다. 동시에 그가 초점화하는 것은 동
백나무와 아이들의 세계이다. 다시 말해, 그는 역사적 상처를 후경화
하고 동백나무와 아이들의 세계를 전면에 내세운다. 바로 이 지점에서
남상순의 소설 세계의 변화를 극적으로 읽어낼 수 있다.

3. 아이들의 물활론적 세계와 동백나무

이 소설에서 동백나무의 제거는 유년의 상실이라는 의미를 지닌다. 동백나무의 기원에 대한 여러 풍문들은 아이들의 설화적 상상력을 키우는 작용을 하고 있으며, 동백나무는 무엇보다 마을 사람들과 심리적 동일성을 이룬 사물이다. 즉, "몇 백 년을 이 동네 사람들하고 눈을 맞추고 살을 비비면서 땅 속으로 뿌리를 박아 들어간 나무들"이다. 그 고장에 뿌리를 내리고 살아왔던 사람들에게 동백나무는 마을의 상징으로 이미 '자연화' 된 것이다.

마을의 설화적 공간성을 지탱하고 있는 것은 아이들이다. 특히 두섭이가 중심이 되는 인물인데, 두섭이는 동백나무를 무척 좋아했던 떠돌이 광녀(狂女)가 상여집에서 죽으면서 낳은 자식이며, 무당이 키워왔던 아이이다. 그래서 두섭이는 주술적 신비감을 지니는 아이로 의미화되는데, 출생 과정에서 발생한 죽음과 삶의 혼효(상여집에서의 출생)를 생각하면 더욱 그렇다. 두섭이는 동백나무 아래에 마을의 수호신인 구렁이가 살고 있고 강물 속 흰 바위 밑에는 귀신들이 산다고 믿고 있으며, 동백나무 아래 구렁이를 지키기 위해 물밑을 떠나 동백나무 아래로 몰려갔다고 생각하는 물활론적 상상력의 소유자이다. 그리고 줄기가 잘려 나간 동백나무의 밑동을 살리기 위해 손가락 끝을 베어 피를 흘려주다 결국 주검으로 발견된다. 동백나무에 대한 두섭이의 애정과 집착은 그의 친모였던 떠돌이 광녀가 동백나무를 무척 좋아했다는 사실에서도 짐작할 수 있다. 그러나 두섭이는 동백나무에 대해서 예사롭지 않은 생각을 펼쳐낸다. 그것은 동백나무의 필요성을 인간의 관점에서 논리적으로 역설하는 대학생 현규의 주장과는 사뭇 다른 것인데, 다음과 같다.

"키도 크지만 뭐랄까, 나이도 많고 가지도 많고 꽃도 무지하게 많아 새들도 버글거리잖아. 하여간 나는 저 동백나무가 이 동네 어른들보다도 높아 보이고 상여집이나 강물 속 흰 바위 밑의 귀신들보다도 무서울 때가 있다. 저 위의 그분보다도 나는 저 동백나무가 더 높다고 생각한다. 너는 그렇게 생각 안 하나?"(176쪽)

두섭이는 동백나무를 인간의 관점에서 사물화하지 않는다. 나이도 많고, 꽃도 많고, 새들도 버글거리는 동백나무에 그 자체의 생명성을 부여한다. 동백나무는 그 자체로 고귀한 생명이므로 이 동네 어른들보다 높아 보이고 상여집과 물속 흰 바위 밑 귀신들보다도 무서운 것이 된다. 그리고 저 위의 '그분(박정희)' 보다도 동백나무가 더 높다고 생각하는 것이다. 두섭이가 동백나무에 대해서 말하고 있는 것은 동백나무가 지닌 본연적 가치이며, 인간적 관점을 삭제할 때 비로소 얻을 수 있는 고귀한 생명성이다. 그것은 '그분' 이 가진 획일적 사고방식으로는 이해될 수 없는 차원의 것이며, 근본생태학(Deep Ecology)의 관점을 함의하고 있는 말이기도 하다. 그러나 결정적으로 그러한 아름다운 말에는 힘이 없으며, '그분' 의 뜻 앞에서는 한없이 무력한 말이 된다.

그래서 그것은 아이들의 언어로써만 가능한 무력한 아름다움이다. 그 아름다운 말들과 세계관은 두섭이의 죽음으로 말미암아 꽃을 피우지 못한 채 저물고 만다. 이 소설에서 발생하는 쓸쓸한 상실감의 비밀은 여기에 존재하는 것이다.

모든 사물에 아름다운 생명적 가치를 부여하는 것은 물활론적 세계이며, 이 물활론적 세계는 동화적 세계의 근간을 이룬다. 동화는 인간의 꿈과 환상을 실현한다. 특히 두섭이를 통해서 보여주는 신비로운 세계는 인간의 꿈과 무의식을 설화적으로 빚어내는 환상이며, 아이들의 세계관 속에서 공유된다는 점에서 동화적이라 할 수 있다. 인간의 꿈과 무의식이 투영된 설화적 세계는 동백나무를 중심으로 해서 직조되고 있으나, '그분'의 뜻에 따라 죽음을 맞이할 수밖에 없는 것은 이 소설이 지니는 비극성이다. 두섭이의 죽음은 동화적 세계가 더 이상 지속될 수 없음을 상징하는 동시에 유년의 공간이 끝났음을 말해준다. 선민이가 '아버지'를 따라 하느물을 떠나는 것도 암시하는 바가 큰데, 두섭이의 죽음과 선민의 떠남으로 말미암아 하느물은 이제 빛바랜 유년의 공간이자 돌아갈 수 없는 과거가 되기 때문이다.

4. 아버지 콤플렉스의 치유와 역사의 유령

남상순의 일관된 서사적 모티프는 아버지의 부재, 혹은 분리불안이라고 할 수 있다. 그의 등단작 〈산 너머에는 기적 소리가〉에서부터 지속적으로 반복되는 아버지의 부재는 그의 중요한 서사적 모티프이다. 이를테면, 〈산 너머에는 기적 소리가〉에서 '기적 소리'는 어머니가 어린 서술자를 떠날 것이라는 불안의 표지로 작용하는데, 이는 아들을 낳지 못하는 어머니를 버리고 딴살림을 차린 아버지로부터 비롯된 것이다. 자전적 성격이 매우 강한 〈죽음의 무늬〉에서도 어머니는 "유년 시절 어딘가로 금세 달아나버릴 것 같던 어머니. 하지만 끝내 나와 동생을 버리지 않고 지켜준 어머니"로 그려지고 있으며, 아버지는 "아버지가 아니라고 부정했지만 아버지일 수밖에 없는 아버지. 강한 부정이어서 오히려 역설적으로 들리던 그 말"로 규정되고 있다. 이처럼 아버지는 남상순의 작품 속에서 갈등의 심층에 놓여 있다.

《동백나무》의 선민이가 동백나무에 집착하는 이유 역시 아버지 콤플렉스와 관련된다. 수탉 '장똘이'가 선민이의 "분신 같은 존재"인 까닭도, '장똘이'가 딴살림을 차린 아버지로 인해 부모와 떨어져 지내게 된 자신의 처지를 환기시키기 때문이다. 지나가던 자전거 망태기에서 떨어져 졸지에 '고아'가 되어버린 수탉과 첫 대면하는 순간('닭의 딱딱한 부리가 내 작은 손바닥에 닿는 순간"), 복받쳐 오른 "이유를 알 수 없는 서러움"이란 바로 버려진 수탉에서 다시 환기되는 자신의 처지에서 비롯된 것이다. 그 장똘이는 곧 동백나무이기도 한데, 그것은 외할머니의 만행(?) 때문이다. 장똘이는 "집안에 저절로 굴러 들어온 사악하고 못된 요물"이며, "장똘이를 동백나무 밑에다 산 채로 끌어 묻"어야 "이모의 명이 오래 가고 신수도 편안해"진다는 무당의 말에 따라, 할머니가 장똘이를 동백나무 아래에다 생매장해버린 것이다. "장똘이의 몸은 구렁이도 되고 동백나무도 되었다고 생각한다"라고 말하는 두섭이는 상심한 선민에게 동백나무가 곧 장똘이라는 물활론적 환상을 심어준다. 그것은 결핍을 치유하는 일종의 동화적 선물이다. 그래서 선민이는 아버지를 따라 하느물을 떠나게 되었을 때, 동백나무를 가져가려 하는 애틋한 행동을 보여준다.

《동백나무》에서 발견할 수 있는 아버지 콤플렉스의 구체적 변화는 전작들에 비해 그 갈등이 상당 부분 해소되어 있다는 점이다. 물론 어린 서술자 선민이는 여전히 아버지와의 관계가 매우 불편하다("나는 못마땅하다기보다는 아버지와 마주 앉아 있는 게 한없이 불편하고 답답했다"). 그러나 선민이는 아버지에 대해 심리적 여유를 어느 정도 획득하고 있음을 보여주는데, 아버지의 부재라는 상황 속에서 이전에 보여주었던 신경증이 다소 완화되고 있는 것이다. 예컨대, 선민은 이름을 써보라는 아버지의 요구에 일부러 이름을 못 쓰는 척한다. 그것도 "의기양양"하게. 이러한 행위는 선민 나름대로의 아이다운 앙갚음이라고 할 수 있는데, "나는 다시 한 번 키득, 하고 웃을 뻔했다"고 고백할 정도로 그것은 가볍다. 사실 이러한 심리적 여유는 《이웃집 영환이》나 《나는 아버지의 친척》에서부터 예비되어 온 결과이다. 아버지는 이제 분노와 증오의 대상이 아니라, 결핍을 유발하는 그리움의 대상이거나(《이웃집 영환이》) 이해와 사랑의 대상(《나는 아버지의 친척》)으로 변모한다. 따라서 《동백나무》는 바로 아버지와의 화해라는 치유의 과정이 녹아 있는 것으로 볼 수 있다.

아버지와의 화해가 역사의 상처에 대한 작가의 태도 변화를 암시할 수 있을까? 남상순의 아버지는 정신분석학의 논리적 개념이기보다는 실존적 아버지로서의 성격이 강하므로, 이러한 질문은 논리적 비약일 뿐이다. 그러나 남상순은 역사와의 화해를 의식하고 있는 징후를 조금씩 보여주기 시작한다. 역사와의 불화(不和)가 이전의 작품에 비해 상당히 누그러져 있는 것이다. 그럼에도 '불편함'은 남는다. 그것은 현규가 찍은 "불온한 사진"의 모델이라는 이유로 당한, 정오 아재의 봉변("정오 아재가 끌려가 어딘지도 모르는 동네 헛간에서 짐승처럼 열흘을 살아야 했던 이유는 현규가 찍은 사진이 책에 나왔기 때문이라는 거였다")으로 표출된다. 정부의 개량종 감자 씨를 심은 탓에 농사를 망친, "뭘 하고 있는 건지 울 것 같은 표정을 지은 채 아무것도 심어져 있지 않은 넓은 밭 한가운데에 처량히 서 있"는 정오 아재를 사진으로 찍은 현규의 행방불명은 여전히 해결될 수 없는 역사의 환부이다. 따라서 행방불명된 대학생 현규는 오늘날에도 민주화의 지층 아래를 떠돌고 있는 역사의 유령으로 환기될 만한 고통의 한 지점이다.

5. 역사와 동화의 간극과 불화(不和)

남상순은 동화적 방식을 통해 유년의 기억을 치유하고자 한다. 그것은 아버지에게서 받은 상처와 더불어 왜곡된 역사의 기억까지 포함

한다. 왜곡된 역사에서 비롯된 가족사적 비극, 그리고 선연히 떠오르는 죽음의 이미지들은 남상순의 소설세계를 이루는 서사적 충동의 근원이었다. 과거의 기억들은 그의 소설 속에서 조금씩 변주되면서 되살아나며, 다른 모습으로 변형, 반복, 재생된다. 그것은 곧 치유의 과정을 함축하는데, 문학적 치유는 남상순에게 글을 써야 하는 이유이기도 했다. 《흰 뱀을 찾아서》에서 '종수'의 사랑 이야기('종수'의 사랑은 '종수'의 형수와 관련되어 있고, 형수의 불행은 '형' 종범의 죽음에서 비롯된다)를 듣는 순간 "문득 소설을 써야겠다"는 결심을 하게 된 사실이 암시하듯이, 그의 서사적 충동은 유년의 치유와 긴밀한 관련을 지니는 것이다.

주목할 만한 변화는 역사의 그늘이 짙게 드리운 유년의 상처를 동화적 서사 형식을 통해 치유한다는 점이다(앞서 말했듯이, 남상순이 《동백나무》 이전에 동화와 청소년 소설을 써왔다는 점을 환기할 필요가 있다). 군사독재정권의 그늘이 드리운 유년 시절 동백나무가 잘려 나가는 기억을 형상화하면서도, 그 갈등과 대립이 그다지 첨예하지 않은 것은 바로 이 때문이다. 이러한 내용적 층위의 변화는 작가 스스로 역사적 상처로부터 어느 정도 놓여났음을 의미한다. 다만, '현규'의 행방불명은 유령적 존재로 떠돌게 됨으로써 역사적 상처는 여전히 현존(現存)적 상황임을 암시한다.

역사와의 불화가 많이 누그러진 징후는 형식적 층위에서도 발견할 수 있다. 상술하자면, 이 소설은 동백나무를 중심으로 어른들과 아이들의 서사 층위가 분리되어 존재한다. 바로 이 두 층위를 이어주는 역할을 하는 것이 바로 대학생 현규이다. 현규는 독재정권을 강하게 고발하는 역사의식의 소유자이면서, 동백나무를 지키고자 하는 인물이다. 역사와의 불화가 이 소설의 주변적 인물인 대학생 현규를 통해서 표출된다는 점에서, 이 소설의 역사의식은 이전보다 유순해졌음을 알 수 있다. 어른들의 서사 층위에서는 1970년대의 국민을 호명하는 양상을 보여줄 뿐, 역사와의 불화는 그다지 심각하게 그려지지 않는다. 아이들의 서사 층위에서도 역사의 상처는 물활론적 세계로 대체되어 있다. 역사의 상처는 어른들과 아이의 서사 층위의 사이에 위치한 현규에게 집중되어 있는 셈인데, 현규는 주변부적 역할에 머물러 있을 뿐이다.

문제는 다른 곳에 존재한다. 역사의식의 연성화(軟性化)가 《동백나무》가 지니는 서사적 밀도의 저하로 연결되고 있다는 점이다. 동화에서 흔히 발견되는 서사의 이완성이 《동백나무》에서도 나타나기 때문인데, 어른들이 서사 층위와 아이들의 서사 층위에서 모두 발견되고 있다. 이것은 동화와 청소년 소설을 창작하던 작가의 습성에서 비롯된 것으로 보인다. 물론 동화의 서사를 폄하하는 말이 아니다. 동화적 서사는 연성화되어 있는 대신에 풍성한 물활론적 사고를 바탕으로 정서적 체험의 깊이를 확보하는 특장을 지니고 있기 때문이다. 그러나 아쉽게도 《동백나무》는 동화의 서사 방식을 취하고는 있지만, 정서적 체험의 깊이를 넉넉히 확보할 만큼 동화적 상상력이 풍부하지는 않다. 물론 《동백나무》가 근본적으로 동화가 아닌 소설로 씌어졌기 때문임을 이해할 필요가 있지만, 소설로서 현실의 핍진성이 강렬하지 않은 문제 또한 안고 있다. 요컨대, 역사를 담아내는 소설 양식이 동화적 서사의 물활론적 사고를 어느 정도 제약할 수밖에 없었으며, 소설 양식 또한 역사의식의 연성화로 말미암아 서사의 이완을 피해갈 수 없었던 것이다.

그러나 작가가 의도한 소설의 궁극적 의미는 두섭이의 죽음에 있다는 점을 주목하자. 손가락 끝을 베어 피를 나누어줌으로써 동백나무를 살리려 했던 두섭이의 죽음은 충분히 비극적이다. 《동백나무》는 두섭이의 죽음을 통해 물활론적 세계관의 소외 양상을 드러내 보여준다. 실제로 두섭이의 물활론적 감성은 또래의 아이들로부터 비웃음거리가 되고 소외되며, 이 소설의 서사를 지배하지 못한 채 주변화된다. 두섭이의 죽음조차도 아무도 그 원인을 모르며, 선민이 홀로 그 비밀을 간직할 뿐이다. 작가는 이처럼 역사적 현실 속에서 동화적 환상, 물활론적 세계를 연민의 시선으로 지그시 들여다보고 있는 것이다. 그 세계는 아름답지만 한없이 여리고 무력한 세계로 발견된다. 이 비참에서 유년의 공간을 끊어내는(혹은 유년으로부터 절단될 수밖에 없는) 작가의 아픔을 읽게 된다. 동시에 그것은 오늘날 물활론이 함축하는 생명주의적 세계관의 존립 위기를 암시하는 것이다.

《동백나무》는 동화적 세계관의 파국을 보여주지만, 그것은 역설적으로 그가 지향하는 서사적 세계를 짐작하게 한다. "동백나무에 얽힌 우리들의 이야기가 마을을 벗어나 어딘지도 모르는 곳을 향해 떠나가고 있었다"라는 이 소설의 마지막 문장이 암시하는 것처럼, 남상순은 더 이상 이야기되지 않는 '동백나무'의 세계에 대한 욕망을 품고 있다. 그것은 상처로 가득했던 유년 시절에는 보이지 않았던, 혹은 상처가 치유된 후에야 비로소 보이기 시작하는 아름다운 유년의 빛이다. 행방불명된 현규조차 그곳에서 아름다운 꿈을 꾸고 있을는지도 모른다. 동백나무의 세계는 궁극적으로 작가가 유년과 역사의 상처 속에서 희구했던 아름다운 빛으로 가득한 삶의 공간이자, '우리가 동백나무에 대해 말할 수 있는 것들'이 환한 꽃잎으로 피어오르는 '치유'의 세계인 것이다.